내 눈 속에 그대가 들어왔다

초판 1쇄 발행 | 2017년 10월 24일

지은이 | 김경진
펴낸이 | 공상숙
펴낸곳 | 마음세상

주 소 | 경기도 파주시 한빛로 70 507-204

신고번호 | 제406-2011-000024호
신고일자 | 2011년 3월 7일

ISBN | 979-11-5636-145-9 (03810)

원고 투고 | maumsesang@nate.com

©김경진, 2017

* 값 13,500원

국립중앙도서관 출판예정도서목록(CIP)

내 눈 속에 그대가 들어왔다 / 지은이: 김경진. – 파주 :
마음세상, 2017
  p. ; cm

ISBN 979-11-5636-145-9 03810 : ₩13500

수기(글)[手記]

818-KDC6
895.785-DDC23   CIP2017024351

내 눈 속에 그대가 들어왔다

책을 내면서

시문학과 월간문학을 통해 등단한 이후 시만을 써왔던 나에게 처음 쓰기 시작한 산문은 알 수 없는 매력을 발산시켜주는 새로운 세계였다. 쓸수록 한걸음 더 다른 차원의 세상으로 나아가는 글쓰기의 신세계와 같았다. 문장을 압축하는 글쓰기에서 조금은 돌아가고 주변을 배회하면서 시선을 여러 곳에 둘 수 있는 풀어 쓰는 쓰기의 길은 왠지 모를 편안함을 주기도 했다. 그렇다고 긴장감을 놔버려도 된다는 것은 아니었다. 끌림이었다. 일상의 소소함 들을 좀 더 느긋하게 바라보고 보이는 것 이외의 다른 생각들을 할 수 있는 기분 좋은 생활의 인용이었다.

이번 산문집에는 단문들만을 추렸다. 짧다고 깊이가 없거나 생각의 치열함이 없지 않다. 나를 둘러싸고 있는 모든 환경과 조건들에 순응하면서 언어가 손에 잡힐 때마다 삶의 다른 한 쪽의 깊이를 짚어보기 위해 노력했다. 단어 하나라도, 문장의 한 구절이라도 누군가의 가슴을 파고들어가 되새김이 된다면 좋겠다. 삶의 무게를 묵묵히 받들고 있는 사람들의 마음을 헤집기를 바란다.

벌써 오랜 시간을 끝이 있을지도 모를 고통을 동반자처럼 온 몸에 품고 치명적인 병에 맞서있는 아내에게 이 책을 빌어 사랑한다는 고백을 수줍게 다시 한다. 어딘가에 도사리고 있을 기적이 어느 날 우리에게 찾아와 오래도록 손 놓지 않고 길을 걷게 해주기를 기도한다. 벚꽃이 피었다 지고, 배롱나무꽃 그늘이 화사한 동네를 지나 살랑이꽃이 한없이 흔들리고, 눈꽃이 눈 시린 수통골에서 시간의 반복을 함께 할 수 있기를 빌고 빈다.

아내에게 썼던 시 한편으로 여기에 마음 남긴다.

데이지 같은 여자

꼭 누구를 닮아야 하고, 무엇을 닮아야 하는 것은
아니다라고 살아온 게 사실이야
그런데 막상 또 궁금하긴 할거야
'나는 어떤 꽃을 닮았어? 하고 물을 때마다 말문이 막혔지

어떤 꽃에 맞춰줘야 할까 고민이었거든
남자는 맞춰주려고 하는 속성을 가졌지만
여자는 맞춰져 있기를 내심 바랄 거야
평화롭고 순진한 샤스타 데이지를 보면서 답을 찾게 되었지

데이지 같은 여자
가녀린 줄기를 지탱하며 세상의 온갖 평화로움을 간직한 꽃,
순결한 백색의 꽃잎으로 수수하게 웃음 짓는 꽃
그런 거였어

화려하게 치장하지 않아도, 울긋불긋 수선 떨지 않아도
작은 흔들림만으로도 어여쁜
그런 여자.

어떤 배경과도 속 깊이 어울려내고
자신을 조용히 드러낼 줄 아는 얌전한 아름다움을 품은
그런 여자

샤스타 데이지 같이 사랑스러운 여자
언제나 곁에 있어도 곁을 더 내어주고 싶은 여자
그 속으로 들어가 몸이며 맘을 담그고 쉬고 싶은 한결같은 여자
그대는 데이지를 닮았다

2017년 8월 어느 날에.
김경진

제4부 마음난로를 준비하는 겨울

제5부 그리고 멈추지 않는 사계(四季)

에필로그 나에게 하는 위로 … 247

프롤로그
그대가 어느 날 내 눈 속으로 들어왔다

햇살이 눈부신 아침. 자다 깨다를 반복하다 물에 불린 쌀알처럼 퉁퉁 부은 눈두덩을 손등으로 비비며 일어나 멍하니 창문을 통해 들어오는 햇빛에 정신을 점령당한 채 넋을 빼앗긴다.

선 잠 속에서 질리도록 따라붙던 검은 그림자 뒤에 언 듯 익숙한 얼굴이 동그랗게 눈을 뜨고 나를 보고 있었다.

아무리 몸부림치며 벗어나려 해도 끝내 그 눈동자 속에 갇혀 나는 옴 짝할 수 없었다.

그러나 눈을 뜨고 일어나 보면 어렴풋한 기억만 있을 뿐, 눈동자의 주인이 누구인지, 왜 나를 그토록 치열하게 쫓아다녔는지 통 알 수가 없다.

악몽이었을까, 그 흔한 헛 꿈이었을까.

지나온 삶의 순간들을 끄집어 내 본다.

스치듯 지나가는 사람들, 머릿속에 가득 차 떠나기를 거부하는 사람들.

모두의 눈동자가 나를 쳐다보고 있다.

하지만 나를 향한 눈동자들과 꿈 속의 눈동자는 서로 닮지를 않았다.

무의식의 세상에서 혹시 나는 항상 나를 보고 있었던 것은 아닐까.

내 삶의 뒷면을 스스로 돌아보라고, 잃어버리지 말아야 할 것들을 잊고 살지 말라고 깨우치기 위해 나는 나를 무의식 속에서 닦달하고 있는 것이 아닐까.

꿈 속에서 나를 바라보던 눈동자는 결국 내 자의식에서 만들어진 내 눈동자였는지도 모를 일이다.

내 눈 속에 항상 내가 들어가 있다.

나를 닮은 그대, 또 다른 나의 존재.

그대를 만나러 이제 길을 나설 참이다.

1부
기다림이 깊어서,
그리움이 길어서 찬란한 봄

봄비 애상

밤이 내려오고 밤비가 내립니다.

천지에 꽃들이 오로지 자신을 향해 피는데 비만은 모든 것들을 향해 몸을 던집니다.

길고 긴 침묵을 견디며 지냅니다.

타닥이며 몸에 부딪쳐 오는 봄비를 맞으며 몸이 탁탁 장단을 맞춰 소리를 냅니다.

꽃길을 달려 꽃 비를 맞으며 집으로 돌아왔습니다.

흩날리는 벚꽃 잎이 봄비처럼 후드득 땅에 떨어집니다.

세상에서 제일 생각 많은 사람들이 봄비 속에 갇혀 있습니다.

애련한 봄비.

그리고 꽃비.

불이 켜지는 집마다 창 밖으로 봄비를 밀어냅니다.

비가 오고 꽃이 지고 밤은 깊어집니다.

포옹

오랜만에 휴일을 이용해 고향의 친구들을 만나러 광주에 다녀왔다.

"아빠, 닭 발하고 나주곰탕 사와야 돼. 꼭, 꼭"

날도 더운데 사서 어떻게 보관하고 있다가 가져오지 고민이었지만 친구에게 부탁해 닭 발은 스티로폼 상자에 아이스 팩을 넣어서 전날 미리 포장을 했다.

나주곰탕은 다음날 아침 출발하기 직전에 자주 갔던 삼대째 곰탕의 맛을 이어오고 있는 원조 〈하얀집〉에 들러 직접 포장하기로 작정을 하니 어찌됐든 고민은 일단락 되었다.

유독 막내 딸아이가 광주에서 생닭발에 양념을 해 숯불에 구워 먹는 맛과 원조 나주곰탕 〈하얀집〉의 곰탕을 좋아해 먹는 이야기만 하면 날 잡아서 먹으러 가야 된다고 고집을 부렸지만 어디 쉽게 움직일 수 있는 거리가 아닌걸 어떡하랴.

그러던 차에 친구들을 만나러 광주에 간다는 소식을 엄마한테 들었는지 운전을 하고 가는데 카톡으로 문자를 보냈다.

부모는 다 똑같지 않은가.

사랑스런 딸의 꽃처럼 어여쁜 부탁을 외면할 수는 없는 일이다.

하루를 대전 집 냉장고에 보관하다가 오늘 아침 부리나케 딸아이들이 기거하고 있는 서울의 원룸으로 차를 몰았다.

곰탕과 닭 발이 상할세라 아이스박스에 꽁꽁 포장을 해서 가져다 주니 입이 헤벌어진다.

평소엔 어색해 하던 "포옹"까지 해주며 아빠를 반긴다.

나를 반기는 건가. 닭 발을 반기는 건가.

어느 쪽이든 무슨 상관인가.

딸들의 다정한 포옹을 받아본 게 언제적 이었던가.

기분이 삼삼하게 하늘을 날 것 같았다.

포옹이란 벽과 벽을 허무는 일이다.

가슴에서 가슴으로 전해오는 온기를 서로 나누는 것 보다 강력하고 따뜻한 관계의 끈을 잇는 것은 없지 않겠는가.

아, 닭 발, 곰탕 너희가 나를 아름답게 가슴 젖어 들게 만들다니.

민들레의 차원

해가 뜨면 민들레도 다른 꽃들처럼 꽃잎을 벌린다.

대부분의 꽃이 그렇듯 햇빛은 민들레에게도 꽃잎을 꽃답게 세울 필요조건
이다.

누구라도 필요조건이 있다.

자신의 차원을 다르게 변질시키기 위해서는 맞는 조건을 끌어들여야 한다.

그늘에 있는 민들레는 그늘에 들어오는 햇빛의 양만큼만 자신의 조건으로
받아들인다.

꽃잎의 벌림도 딱 그만큼만 보여준다.

꽃의 차원이 바뀌는 것이다.

차원은 세계의 경계와 경계 사이다.

아빠의 편지
딸들에게

새벽이면 소스라치게 눈을 뜨는 일이 많아졌다.

자질구레한 일상들이 선잠에 꿈이 아닌 것처럼 생생하게 눈두덩에 일렁이기 때문이다.

나이가 들어갈수록 꿈이란 불길하고 어색한 것이 되어간다.

꿈꾸지 않는 사람이 되어가야 몸과 마음이 편안하다는 것은 슬픈 일이다.

그러나 이미 많은 꿈을 꾸고 이루기 보다는 접어가며 사는 일이 더 익숙해졌기에 절망하지는 않는다.

세상을 살아오면서 꾼 꿈 중에서 가장 아름답게 이룬 꿈은 너희를 품에 안을 수 있었던 것이다.

몸 뒤집는 것이 신기했던 간난쟁이들이 어느새 품에 안기도 어색한 나이가 되어버렸구나.

모나지 않게, 함께 하는 사람들에게 기피의 대상이 되지 않도록 조심하며 살아왔을 뿐 나다운 나를 실현하지는 못하고 오십을 훌쩍 넘겨버렸구나.

나처럼 살지 말라고도 나처럼 살라고도 말하고 싶지 않다. 너희들대로 너희의 몫을 사는 것이 가장 잘 사는 것이라고만 말하고 싶다.

결코 평범하다고 말할 수 없는 길을 가고 있는 너희 둘의 시간을 보면서 때로는 불안하고 평범함에 대한 갈증이 나는 것은 어쩔 수 없는 父情이니 否定하고 싶지는 않다.

이 시대의 청춘들에겐 뭔가를 꿈꾸고 길에 나선다는 것 자체가 이미 평범하지 않게 된 것인지도 모르겠다.

그러나 꿈꾸고만 살 수는 없는 것이니 이루고자 하면 낯선 길을 두려워하지는 말아야 한다는 것이 먼저 살아본 사람의 속 깊은 생각이다.

가고자 하는 길이라면 그리고 가야 할 길이라면 망설임 없이 앞장서 가라. 너희가 생각하는 이상적인 삶의 결정체를 모두 이룰 수는 없겠지만 그 삶의 언저리까지는 다다를 수 있을 것이라 믿고 응원한다.

부탁이고 희망하는 바가 있다면 어떤 순간에도 어떤 상황에도 자신을 사랑하는 일을 멈추지 말라는 것뿐이다.

자신을 질책하고 질책의 힘으로 앞으로 나아가는 것은 좋으나 질책이 비관이 되거나 자기학대가 되는 일이 절대 없어야 한다.

그리고 둘만이 오직 이 하늘 아래 하나의 부모로부터 출발한 같은 피가 흐르고 있으니 서로에 대한 사랑도 잊거나 등한시 말아야 한다.

모든 것을 이룰 수는 없다 그러나 아무것도 하지 않으면 아무것도 이룰 수 없다.

너희가 이루고자 쏟고 있는 모든 열정을 나는 사랑한다.

이뤄져도 비록 덜 이뤄져도 그 사랑에는 정도의 차이가 없다.

너희가 가고자 하는 길을 사랑하는 것이 너희 자체를 사랑하는 일이기 때문이다.

세상에 존재하는 가장 강력한 기운들을 다 모아서 항상 너희의 뒤를 받치고 싶다. 그렇게 사랑하고, 사랑하고, 사랑하는 사람이 있음을 든든히 여겨주면 좋겠다.

걷기

봄이 발갛게 볼을 익혀가는 요즘이 걷기에는 최적의 구성요소들을 다 갖춘 것 같다.

날씨는 따뜻하고 바람은 선선하고 나무는 푸르고 꽃들은 온 힘을 다해 꽃대를 밀어 올리거나 절정을 치닫고 있다.

눈이 즐겁고 피부에 와 닿는 부드러운 바람이 등을 토닥여 주고 사락거리는 나뭇잎 부딪치는 소리는 귀를 호강시켜 준다.

나뭇잎 한 장, 한 장마다 차분한 햇살이 내려앉아 꽃보다 더 환한 얼굴을 만들어내는 풍경에 빠져들며 걷는 기분이란 구름을 밟고 공중부양을 하는 듯 하다.

걷는다는 것은 단순히 땅과 교접하는 일만이 아니다.

의식적이든 무의식적이든 걷기를 시작하면 금세 우리는 생각에 빠져들게 된다.

시선이야 땅을 향하든 하늘을 향하든 머릿속은 차분해 지고 심장은 스스로 고르게 움직임을 시작하게 된다.

묵언의 수행자처럼 한 발, 한 발 디딜 때마다 생각의 깊이가 깊어진다.

굳이 우리가 수행자일 필요는 없지만 생명을 밖으로 내모는 것 같은 말을 없애고 상념의 심연으로 빠져들다 보면 과거와 현재와 미래가 질서를 잡아가게 되고 자아와 타아가 치밀하게 엮이며 정신세계를 정화시키게 된다.

걷자. 발바닥을 통해 대지의 속삭임이 몸을 관통해 들어오고 머리끝 백회혈을 통해 대기의 신성함이 몸을 꿰뚫는다.
상념은 상념을 더하고, 사고의 깊이는 점 점 내 안에서 심상을 만들어내 내가 나를 새롭게 환골탈태시켜 준다.

혼자 걷는 무한한 즐거움에 빠지고 싶은 이유다.
그대의 걷기는 어떤가요.

꼬깃꼬깃한 돈

돈의 가치가 다 같다고 할 수는 없다. 남보다 편하게 벌어들인 돈과 목숨 값으로 번 돈이 같은 무게일 수 없다. 태생부터 손에 들고 나온 돈뭉치와 하루하루 움켜쥐기 위해 고단을 자초해야 하는 돈이 어찌 같은 돈일 수가 있겠는가.

가끔 복권을 산다. 당첨되어 한 순간에 팔자를 고치고 싶어서는 아니다. 고된 삶에 일종의 위안거리로 삼고 싶어서다. 그래선지 한번도 고액의 위안을 받아 본 적은 없다. 그렇다고 특별히 불만도 없다. 일주일이 작은 기대감으로 위로를 받았으면 그것으로 족하기 때문이다.

설날, 아내가 병상에 혼자 있어 시골집에 늦은 시간 혼자 도착해서 아버지의 제사만 홀쩍 지내고 밤을 다시 달려 집으로 돌아왔다.
문 밖으로 배웅 나온 어머니가 주머니에 봉투를 찔러주길래 한사코 밀어내다 "내 돈은 돈도 아니냐. 잘 챙겨먹으면서 간병해" 하며 울먹거리는 목소리에 차마 더는 밀어내지 못하고 받아 들고 왔다.

다음 날 바지를 입다 푸석거리는 소리에 봉투를 꺼내 들고 내용물을 꺼내 들어보니 구겨진 5만 원권이 꾸깃꾸깃 나왔다.
울컥 눈물이 났다. 고달픈 신세가 서러워서가 아니다.
어머니의 자식에 대한 염려와 아픔이 꼬깃꼬깃 하게 나를 덮쳐왔다.

구두를 닦으며

수북이 먼지가 앉아있는 구두를 물끄러미 보다가 휴지를 꺼내 들고 쓱쓱 먼지를 닦아낸다. 광택을 내려거든 구두약을 바르고 마른 헝겊으로 입김을 불어가며 물광이든 불광이든 내야겠지만 딱히 누군가에게 번쩍이도록 신발을 뽐낼 필요는 없어 휴지 한 장으로 대신한다.

쌓인 먼지가 눈에 띌 정도면 내가 스스로 보는 것만도 신경이 쓰이기 때문이다. 먼지를 닦는 것이 아니라 털어내는 정도일 뿐이지만 휴지가 지나간 자리가 개운하다.

내 삶의 순간에도 가끔 이런 먼지가 수북해 있었고 앞으로도 그런 순간들이 뜬금없이 다가올 것이다.
어쩌면 지금도 그런 순간에 노출되어 있다고 봐야 할 것이다.
끊임없이 쌓여가는 잡것들에 나를 방치해 둬야 할지도 모르겠다.
그럴 때마다 구두를 닦듯 나를 닦아주며 살아야 하리라.

나를 닦으며 산다는 말에 흐뭇하게 고개 끄덕인다.
싸늘한 어둠이 걷혀가는 이른 시간을 통과한 아침을 밝혀 든 형광등 불빛에 구두가 반짝인다.

아침 사색

손가락이 시린 아침 천천히 밝아오는 주변을 팔짱을 끼고 주시한다. 어제의 풍경은 이미 기억 속으로 스며들어 갔고 내일의 풍경은 아직 생각할 필요도 없다. 바라봄이 시작되면 모든 풍경은 새로운 것이다. 지그시 바라볼수록 생경한 부분들이 많아진다. 낯섦이 낯섦이 아닌 일상적인 풍경이라 할지라도 어디를 어떻게 주시하느냐에 따라 매일 보는 풍경도 마음에 다가옴이 다르다.

가만히 눈꺼풀을 내려 시선을 내 안으로 돌려본다. 어제의 들끓었던 마음은 어느새 잠잠해져 있다. 오늘을 어떻게 준비하고 해야 할 일들을 진행해가야 할 지에 대해 마음이 움직임을 시작한다. 격동에 흔들리지 말자고 가슴에 손바닥을 대고 지긋한 힘을 주어본다.

섣부른 급함이 항상 곤혹스러움을 불러오는 것이라는 것을 이미 경험치로 알고 있으면서도 다급함의 함정에 쉽게 빠져들며 살아왔다.

나에게 좀 더 관대해 보자고 다독인다. 미지근한 물처럼 어떤 대상에게도 쉽게 받아들여질 수 있도록 적당한 상태를 유지하자. 다시 눈을 뜨고 밖의 풍경과 내 안의 풍경을 합쳐본다. 나무와 바람과 구름이 조화를 이뤄 풍요로운 아침 풍경 속으로 나를 밀어 넣는다.

이물질처럼 겉돌지 않고 마치 나무였던 것처럼, 바람과 구름이었던 것처럼 조심이 스며들어 가본다.

김밥

평상시 아침을 거의 먹지 않는다. 아니 못 먹는 것이 맞다.

홀로 하는 생활의 비애 중 하나다. 혼자서 꾸역꾸역 끼니를 챙겨 먹자고 밥을 하기도 귀찮고 사실 밥을 할만한 여건도 되지 못하는 원룸에서의 생활이란 것이 다 그런 것일 거다.

그러다 보니 자연스레 아침이란 사건과는 거리가 멀어져 버렸다.

챙겨 먹겠다는 생각 자체가 사라져 가고 있는 것이다.

그런데 왜 이런 것이야. 오늘 아침엔 유독 배가 고프다.

엉망으로 뒤얽혀버린 것도 아닌데 속이 쓰릴 정도로 배가 고프다.

뭐라도 뱃속으로 들이밀어 주지 않으면 큰 탈이 날것처럼 배가 고프다.

아니 아픈 건가? 착각이 든다.

방에 있어야 먹을 거라곤 생수 한 병이 전부인 냉장고를 열어본들 대책이 없으니 서둘러 문을 열고 밖으로 나간다.

출근길에 오른 사람들, 등굣길에 있는 학생들 거리엔 부산한 발길들이 어딘가를 향해 빠르게 움직인다.

아침을 먹은 사람, 먹지 못한 사람.

저들 중의 구분이 오늘 아침은 두 가지로만 생각이 된다.

단골 편의점에 들어가 김밥 한 줄을 산다. 사장님이 빙그레 웃으며 아침에 왠 김밥을 사느냐고 빤히 본다.

　"그러게요 오늘은 그냥 땡기네요."

　김밥 한 줄 받아 들고 사무실로 향한다.

　편의점 구석에서 먹자니 엄청 초라해지는 기분이 들어서다.

　오늘 뱃속이 심술을 부리는 이유는 뭘까.

　마음이 공허하기 때문이리라.

　커피와 김밥 별로 어울리지 않는 조합이지만 아쉬운 데로 아침식단을 꾸려 본다.

절제

가고 싶은 곳으로 가는 것도 쉽지 않다.

더 어려운 것은 가고 싶은 곳에 갈 수 있음에도 불구하고 스스로 멈추는 것이다.

절제란 이런 상황이다.

가다가 멈추는 것, 처음부터 멈추는 것.

살다 보니 멈춰야 할 때가 자주 찾아 온다.

하고 싶다고 모든 것을 하며 살 수는 없을 터다.

하지 못하는 일도 많지만 하지 말아야 할 일이 더 많다.

하고 싶은 일은 많지만 할 수 있는 일은 그보다 적은 것도 맞다.

하지 못함을 알면서 덤벼드는 것은 무모하거나 용감무쌍한 짓이다.

할 수 있음에도 하지 말아야 함을 앎이 절제다.

나를 묶는다.

보이지 않는 밧줄을 팔 다리에 걸고 옥죄어 결박을 한다.

가려고 요동치는 마음을 머리로 말린다.

하고 싶다고 다 이룰 수 없다는 것을 절감하기 때문이다.

버려야 강해지는 것

움켜쥔 것이 많을수록 약해지는 것이 사람이다. 지켜야 하기 때문이다. 지킬 것이 많다는 것은 제약을 많이 받는다는 것과 동일하다. 제약은 움직임의 폭을 작게 하고 자신의 강력한 의지를 그대로 밀고 나갈 수 없게 한다.

가진 것이 너무 많다.
그러므로 지켜야 할 것이 너무 많다.
그래서 약자다.

포기하고 버리는 것이 자유로운 사람은 자신의 주관이 뚜렷하고 마음이 굳건하다. 그렇다고 삶의 기본적인 것들을 버리자는 것이 아니다. 절박하게 필요하지 않음에도 불구하고 부둥켜 안고 있는 것들이 누구나 에게 있다.
배가 부른데도 남은 빵을 가방에 구겨 넣을 필요는 없다. 누군가 절실히 주린 배를 채울 수 있도록 그대로 놓아두자는 이야기일 뿐이다.

자신에게 불필요한 것을 구분하는 것이 결코 쉬운 일이 아니다.
소유욕과 집착이 버려야 할 것을 버리지 못하게 하기 때문이다.
지나친 소유는 사단을 만든다.
자신을 위축시킨다.
버릴수록 자신이 강해지는 것들이 지금 있다면 손에서 놓아주자.

파전에 막걸리

하늘에 검은 구름들이 몰려오고 있다.

12시부터 비가 올 거라는 예보를 아침의 햇살을 보면서 믿을 수가 없었는데 요사이 일기예보는 의외로 정확하다.

맞지 않기를 바랄 때면 어김없이 더 정확하다.

주말을 편히 집에서 엎드려 보내라고 일부러 비가 와주는 것이라고 위로해 본다.

이 비가 몰아쳐 가고 나면 떨어져야 할 꽃잎들은 죄다 땅바닥에 깔릴 것이다.

그러나 슬퍼할 일이 아니다.

마른 봄 가뭄을 해갈시켜 농번기를 바쁘게 살아갈 수 있도록 해 줄 것이고 나무들이 연록의 새잎들을 쑥쑥 밀어 올려 온 천지를 신록으로 채울 수 있게 해 줄 것이다.

하나를 잃으면 또 다른 하나를 얻게 됨이 자연의 법칙이다.

우리들 삶의 법칙도 그와 마찬가지다.

힘들여 극복한 일의 결과가 더 믿음이 가고 어려움을 함께한 사람이 더 정이 가는 것이다.

슬픔을 견뎌내면 즐거움이 당연히 찾아올 것이다.

잃은 것이 있어야 새로운 것도 얻을 수 있다.

모든 것을 가질 수는 없다.

많이 가졌다고 가지고 싶은 다른 것이 없는 것도 아니다.

그저 내가 잃은 것을 누군가 가져가고 다른 이가 놓친 것을 내가 새로 얻듯 그렇게 서로의 것을 공유하는 것이 삶의 소유권 쟁탈전일 뿐이다.

그 세 빗방울 한 두 방울 하늘에 무겁게 걸린 구름을 벗어나 지상으로 내려온다. 빗소리 들으며 파전에 막걸리나 한 잔 하면서 자다 깨다 몽롱하게 지내야겠다.

벚꽃엔딩

공원 벤치에 앉아 발 밑에 깔린 꽃잎의 마음을 들여다 본다.
자신의 임무를 다했기에 바람에 쓸려 가면서도 아쉬워하지 않는다.
세월이 가고 다시 때가 도래할 때까지 기다림의 시간으로 돌입 중이다.
제 몫을 다 하지 못한 것만이 아쉬움을 갖는다.
내 몫의 역할을 다 하며 살자.

무거운 마음에 사로잡혀 있어야 했던 시간은 이제 지나갔다.
희망이란 스스로 만들지 않으면 희망이 아니다.
멈추지 않고 나아가야 희망의 응답을 들을 수 있다.
꽃잎이 꽃잎의 역할을 다 하듯 나도 꽃잎만큼만, 꽃잎의 마음으로 살자.

넘어져도 고통에 무릎 꿇지 않으면 다시 일어날 수 있다.
자빠지면 툴, 툴 털고 일어나면 된다.
쓰러져 보지 않은 자가 강한 것이 아니다.
쓰러져도, 쓰러져도 무릎 펴고 일어서는 자가 강한 것이다.

그대여. 벚꽃 지며 꽃잎 흩날리는 봄의 끝자락을 다 지나가기 전에 최선을
다해 즐겨보자.

바람 한 줄기, 구름 한 점

머물다 가는 것이다. 어디든 눌러앉아 끝을 볼 수는 없다. 삶도 그런 것이다.
순간 순간 머물 수 있는 곳이 있고 조금 오래 자리를 지킬 수 있는 곳이 있겠지만
결국은 머물렀다 때가 이르면 가야 하는 것이 살아감의 진리다.

바람 한 줄기 뺨을 쓱 스치고 지나간다. 구름 한 점 하늘에 머물렀다 대기의 흐름을 따라 어딘지는 알 수 없으나 정해진 곳으로 간다.
꽃잎도 피었다 바람 따라 흩날리며 애초에 왔던 땅으로 귀의한다.

머무는 동안 어떻게 지내느냐의 문제가 문제일 뿐이다.
바람이 오래 머물면 세상의 풍파를 만들어 평화를 흔들기 마련이다.
구름이 머무는 시간이 길어지면 태양을 가리고 비를 뿌려 세상을 짓궂게 함이다.
머무는 일은 자신의 흔적을 새겨놓는 일이다.

봄이 바람 한 줄기 따라, 구름 한 점 따라 지나가고 있다.
사랑을 다해 사랑한 사람도, 사랑해야 할 사람도 떠남을 말리지 못했다.
생애 가장 아프고 쓰라렸던 기억들을 남겨놓고 멀어져 간다.
잘 가라 다시 올 때는 환한 소식만 가지고 오면 좋겠다.

편두통

저절로 인상이 찌그러듭니다. 사람의 몸이란 자가치료를 가능하게 하기 위해서 아픈 곳의 통증을 절실히 알 수 있도록 최대한의 표현을 합니다.

베인 상처에서 피가 나고 진물이 나듯 머리 속의 뇌도 '나 지금 신경을 너무 써서 혹사 되고 있다'고 한쪽 머리끝에 신경질적으로 고통을 몰아서 머리뼈를 두드리고 있습니다.

아무 생각 없이 쉬어줘야 하는데, 그러는 순간 모든 것들이 휘발성의 액체가 되어 어디론가 훨훨 날아가 버릴 것만 같아 쉽사리 생각의 끝을 놓지 못합니다. 물 한 모금 삼킬 때도 찌릿찌릿 합니다. 밥알 하나 씹는데도 오만상이 찌 뿌려집니다.

차라리 머리 전체가 아프다면 드러누워 끙끙 앓아 고열의 몽환이라도 즐겨보겠는데 말입니다. 사라진 게 아닌가 안심을 하면 그 순간 '아니 아직이야' 하는 것처럼 저릿저릿 해옵니다.

생각하는 것 자체가 아무리 깊다고 아프기야 하겠습니까. 생각도 생각 나름으로 생각하고 싶지 않은 생각을 하고 또 해서 생각의 화가 되어버린 것이겠지요. 편두통은 생각의 포화를 견뎌내기 위한 뇌의 자가치료입니다. 아픈 만큼 아파 버려야 비로소 멈출 것입니다.

길의 속성

길은 언제나와 같다. 끝은 여전히 없다.

볼 수 없는 끝을 보기 위해 가고 가지만 끝을 볼 수 있을지는 의문이다.

길의 끝은 없다는 것을 안다. 있을 수 없는 끝을 그저 고대만 할 뿐 정작 끝
이라면 허무함을 감당할 자신도 없다.

가던 길 본다. 왔던 길 돌아 본다. 가야 할 길 바라본다.

어디에 있는가. 어디쯤 있는가.

두려움에 목이 칼칼하고 망막함에 무섭다.

돌이키지 못하고 돌이켜서도 안 된다.

이미 가고 있고 여실히 가야 할 뿐이다.

되돌아 갈 수 있는 길은 없다.

흔적을 아무리 지우려 해도 지워지지 않기 때문이다.

가던 길 그저 본다.

손사래로 왔던 길이여 같이 가자 북돋는다.

길에 있다. 길 위에 길과 함께 내가 있다.

그냥 저냥

그대의 안부를 묻습니다. 그저 그렇게 살고 있지요!
뭐 그게 그것이고 이게 이것인 채로 사는 것이 잘 사는 것이지요.
나도 그냥 저냥 살아요.

특별하지 않는 날이 매번 되풀이 되고 있어요.
우리에게 특별하지 않는 날이 특별한 날일지도 모르는 거지요.
특별한데도 그렇지 않아서 그냥 지나치는 날들이 계속될지도 모르는 것 아
닌가요.
그냥 그렇게 그냥 저냥 살자 구요.

특별한 날을 일부러 만들려 아등바등 해봐야 특별하지 않다는 것을 살면서
너무나 잘 알고 있지 않나요. 특별하다고 특별하게 생각하는 날이 오히려 괴롭
고 힘들게 만드는 경우가 더 많았어요.
그저 쑥 지나간 날이 지나고 나면 편안하고 무사했구나 가슴을 푸근하게 해
준다는 것을 경험으로 느끼고 있지 않나요.

오늘도 무럭무럭 뭔가를 기억에 각인시키려고 애쓰지 말자 구요.
평범해서 평범한 기억으로 남기는 것이 진짜 100% 우리가 우리를 위하는 삶

의 시간들일 거예요.

그대여, 그대를 내 눈 속으로 들여오고 나서부터 모든 날들이 특별한 날이 되었습니다.

일부러 일을 만들지 않아도, 쓱~ 지나가는 시간이 매번 되풀이 되도 내 눈 속으로 그대가 들어온 이후의 시간은 이미 특별하도록 정해져 버린 것이에요.

특별하지 않아서 더 특별해 져버린 겁니다.

그대 안부를 다시 묻습니다.

그냥 저냥 살자 구요.

그저 그런, 이런 저런 이바구를 까며 아무일 없는 것이 아주 잘 살고 있다는 것을 우리가 함께 공유하면서…….

그대여!
아프면 아프다 말하자

아픔이 없는 사람은 없습니다. 아픔만 있는 사람도 없습니다.

아프면 아픈 만큼의 기쁨도 찾아옵니다.

그러니 아프면 혼자서 참지만 말고 아프다고 말을 합시다.

아픔을 털어놓으면 가슴이 홀가분해지는 만큼 아픔의 양도 줄어듭니다.

누구에게라도 아프면 아프다 말을 하자 구요.

설령 내 아픔에 직접적으로 개입해서 덜어주지 못할지라도 머리 끄덕여주고 마음 같이 해준다면 그것만으로도 얼마나 큰 위안이겠습니까.

그대여! 아픔만 가지고 있다고 비관하지 말자 구요.

그대여! 아픔이 다른 아픔을 불러오지 않게 미리 털어놓자 구요.

즐거움은 나눌수록 배가된 답니다. 아픔은 나눌수록 작아지는 것이랍니다.

아픈 사람들 천지인 세상을 우리는 살고 있답니다.

기쁜 일보다 아픈 일이 더 많은 삶을 누구나 살고 있답니다.

그대만이 아프다고 슬퍼하지 마세요.

누구나 아프고, 누구나 슬프고, 누구나 울면서 삽니다.

그대여! 그대의 아픔까지도 사랑하면서 힘껏 살아가자 구요.

매화분재 앞에서

매화분재에 참하게 꽃이 피었다.

눈높이를 맞춰 볼 수 있도록 선반에 곱게 올려져 있어 키 큰 매화나무 아래서 고개를 쳐들고 봐야 하는 우러름을 하지 않아서 더 정겹다.

꽃은 세가지 감상법으로 나누어 진다.

첫 번째는 멀리서 높은 나무 가지에 피어있는 꽃을 우러러 보는 방법이다.

두 번째는 눈높이에서 위 아래로 시선을 같이 두고 보는 방법이다.

세 번째는 앉거나 무릎을 굽혀서 내려 보는 방법이다.

세가지 방법 중에 가장 편안하고 자세히 눈을 마주칠 수 있는 것은 두 번째다. 시선의 높이에서 볼 수 있을 때 세세히 꽃의 아름다움과 기품을 느낄 수 있다.

꽃은 저절로 피어서 아름다운 것이 아니다. 불편한 모든 상태들을 견뎌내고 자신과의 치열한 싸움 끝에 꽃망울을 밀어 올리고 지긋이 움츠렸다 와, 하고 꽃송이로 터진다. 꽃은 인고의 시간을 이겨낸 결과물이어서 아름다운 것이다.

매화분재 앞에서 길게 눈을 마주치다 그 장엄한 꽃송이에 숙연해져 고개 숙여 인사를 한다.

독수리 오형제

전남 광주의 사무실에 근무하다 경기도 군포 사무실로 발령을 받아 근무한 지가 어언 3년 하고도 16일이 지났다. 시간은 참으로 더딘 듯 하면서도 지나고 나면 유수보다 빠르다는 것을 새삼 실감한다.

직업의 특성상 발령장에 달랑 한 줄 이름이 올라가면 전국 어디나 통지를 받은 즉시 보따리를 싸서 가야 한다. 광주에 잘 있다가 나른한 봄날 오후 갑자기 떨어진 발령지를 받아 들고 부랴부랴 이곳으로 옮겨 왔다.

낯선 환경, 낯선 사람들 그리고 새로 온 지점장에 대한 날 선 시선들을 느끼며 시작된 생활이었다. 그러나 지금은 서로가 서로에게 주고 받는 눈짓 하나만으로도 서로의 아픔과 기쁨을 알게 되었다.

근무하는 관할지역에 독수리 오형제가 있다. 본인들은 절대 그런 명칭을 사용하지 않았고 내가 와서 만들어 부른 명칭이라고 우긴다. 주위에서 들어 알고 부른 명칭이지 하늘에서 뚝 떨어져 어느 날 갑자기 내가 호칭한 것은 아니다. 다소 우스꽝스럽고 촌스러운 명칭, 독수리 오형제, 어린 시절 만화의 주인공들이다.

사십 대 후반부터 오십 대 후반까지의 구성원들에게는 같은 향수, 같은 시대를 함께 했기에 제법 잘 어울린다는 생각을 하게 된다. 그런 나도 물론 같은 세대이기에 그들에게 허물 없이 다가갈 수 있었고 스스럼 없이 갑과 을의 관계를 떠나 마음과 마음을 주고 받는 사이가 되었다.

안산을 지키는 독수리 오형제. 신현모, 신현부 두 친형제와 김종성, 문해선 두 동갑내기 친구와 막내이면서 젤 큰 어른처럼 소리가 요란한 황수연. (호적상은 나보다 아랜데 끝까지 나와 동갑이라고 지금도 우긴다. 한 살 정도야 하면서 나도 즐겁게 용인을 했다)

이 다섯은 각자가 가진 성품도 개성도 판이하게 다르지만 한데 모여 있으면 그 다름이 조화로움의 끝판이다. 언성을 높여 싸움이 일어나다가도 금세 한소끔 침묵이 흐르면 누군가 겸연쩍게 짓는 눈웃음 하나로 한 목소리, 한 형제가 되어버린다.

지난 3년동안 이들과의 웃고 웃고, 슬퍼하고 외로워하고 아파한 시간이 평생의 기억으로 간직될 것이란 것은 부인할래야 할 수 없다. 소중한 사람들은 곁에 있을 때는 빛을 발하지 않을 수 있다. 그러나 독수리들과는 같이 있으면 같이 있을수록 맘이 안정되고 삶의 거대한 기계를 횡, 횡 잘도 돌려주는 윤활유와도 같다.

그들에게도 나는 그러한 존재일까. 그럴 것이다. 그래야 한다. 그렇지 않다면 나만 헛물 킨 사랑을 한 것이 아니겠는가. 그래도 어쩌랴. 마냥 믿음이 가고 오래된 친우처럼, 형제처럼 마음에, 몸에 아로새겨져 있는데…….

농담으로 독수리 육형제로 하자고 해도 이들은 그냥 오형제만 할란다고 한다. 한 형제는 이리저리 부임지 따라 돌아다녀야 하니 외곽에 두고 오래도록 정을 나누고 싶단다.

아, 독수리들이여! 그대들이 지키는 것은 지구도 아니다.

안산도 아니다. 그대들이 그토록 간절히 쌓아 온 서로에 대한 사랑이다.

쉬운! 살

나이 오십을 쉰이라고 한다. 발음상 쉬흔, 시흔으로 섞여서 불리기도 한다. 어제 밤을 지내고 아침에 눈을 뜨니 내가 딱 쉰이 되는 그날이다.

생경한 세상에 태어나 길지도 짧지도 않은 시간을 살아왔다. 더 살아가야 할 날이 얼마나 길지에 대해서는 알 수 없으나 살아온 시간이 헛된 것이 아니었다는 믿음이라도 있었으면 좋겠는데 딱히 그렇지 만도 못해 쉰 살의 아침이 덤덤하다.

이제 마음 먹으면 마음이 가는 데로 살아갈 수 있는 나이가 되고 싶다. 쉬운! 살이라고 우스개처럼 발음을 해 본다. 쉰은 쉬어버린 찬 음식 같은 냄새가 나서 꺼려진다. 작물이 웃자라서 쓸모가 없어지는 것을 쉬었다고도 한다.

기왕이면 그런 껄끄러운 뉘앙스가 풍기는 발성의 개연을 무너뜨리고 뭐든 쉽게 쉽게 행하고 쉬이 이루어 갈 수 있다는 의미로 쉬운 이라고 부르고 싶다.

생각의 범위는 스스로가 넓히고 좁혀가는 것이다. 입 밖으로 내는 발음 하나의 차이로도 세상을 달리 해석해 나갈 수 있는 것이다. 기면증처럼 불편한 생활에서 쓱 빠져 나가라고, 허둥대며 살지 말고 차분하게 순리에 맞춰 살아 나가라고, 삶의 매듭들을 쉽게 풀어 나가라고.

오늘을 쉬운이라 불러본다.

힘내자. 쉬운! 나를 향한 나의 주문을 걸어본다.

문

문패 안쪽에는 문패의 이름으로 된 세계가 있다.
문패 밖에는 문패와 문패들의 이름이 어우러져야 할 세계가 있다.

문은 경계다.
하나의 세계와 다른 세계를 넘나들며 살 수 있게 해주는 변화의 막이다.

문은 닫힘과 열림의 공존이다.
안과 밖을 서로 존중하게 하는 중재자다.

넘어가야만 자신을 확장시킬 수 있다.
넘어와야만 자아를 안정시킬 수 있다.

문은 눈이다.
세상을 바라보고 자신을 담금질 하는 창이다.

안정

살아가는 시간을 통틀어 가장 추구하는 바가 안정이라고 말해도 아무도 반박하지 못할 것이다. 고작 안정이냐고 반문한다면 할 말은 없다. 나는 그것 밖에는 안 된다고, 내 그릇은 거기까지 밖에 담아낼 수 없다고. 서슴없이 대답해 줘도 거리낄 것이 없다.

보통의 사람들은 다 그렇다고 말하면 과장이 지나치다 반론을 할 수 있는 사람이 있기도 할 것이지만 대부분은 동의의 고갯짓을 해주지 않을까 생각한다. 결국 행복이라는 것도 안정적 삶의 다른 말일뿐이다.

위험에 노출되면서 모험을 즐기는 사람이 있다. 종종 이런 사람들의 업적이 현세에 혹은 훗날에 훌륭한 발자취가 되어 타인들을 이끌어 가고 위대한 업적으로 치적 된다는 것을 부인하지는 않는다. 오히려 위인, 영웅으로 받들어져 세상을 비추는 영원한 선구자임을 인정한다.

그러나 모두가 그럴 수는 없는 일이다. 오늘날의 위인, 영웅은 자신의 삶을 안정적으로 살아가면서 타인에게 피해를 주지 않고 어울렁 더울렁 잘 어울려 사는 사람이다. 일에 치이고 사람과의 관계에 볶이고 경제적 빈곤을 타박하면서 피곤하게 살면서도 자신과 주변을 지켜가고자 하는 원초적 욕망이 안정이다. 그대의 안정, 나의 안정을 위해서 사랑을 다해 사랑하는 오늘을 살자.

앗, 삼월이다

　시간의 맛은 항상 같지 않다는 것이다. 아무리 맛있는 음식도 한결같이 먹다 보면 인이 박히고 식상해져 먹으면 먹을수록 그 맛에 적응되어 맛있다고 인식해버릴 뿐이다.

　처음의 그 생경한 감칠맛, 눈이 번쩍 뜨이는 참신한 맛은 느끼지 못한다. 멈추거나 항상 같은 것의 한계다.

　그러나 시간은 영원히 멈추지 않는다. 멈춰 세울 수가 없다.

　같은 시간은 절대로 존재할 수가 없다.

　다만 같은 시간을 공유하는 사람들이 있어 서로에게 익숙해질 뿐이다.

　시간의 진정한 맛은 변하는 것을 멈추지 않는다는 것이다.

　어느덧 삼월이다. 삼월은 가장 변화가 심한 시간이다. 기온의 폭이 요동치고 그 요동의 폭에 따라 모든 생명 있는 것들이 움직임의 기세를 올리고 늘리고 낮추고 줄이면서 삶의 방향을 결정짓기 위해 자신에게 맞는 맛을 만들어 간다.

　그대여, 어떤 맛을 만들고 싶은가. 멈추지 않고 맛에 맛을 더하면서 새로운 맛의 자유를 창조하는 삼월을 소유하기를 바란다.

눈 불

눈에서 불이 난다는 말을 어디선가 들어본 말로만 치부하며 지냈더랬습니다. 요새는 눈이 뜨거워 마른 풀을 눈에 가까이 대면 불길이 치솟아 올라올 것 같답니다. 원인이야 여러 가지 일 것이지만 가장 큰 원인은 심리적인 피폐일 것입니다. 지독히도 열열한 열병을 앓아야만 눈에 불이 날 테니까요. 몸 속의 피가 들끓고 있는 듯해 가슴이 뜨거워지고 등 짝이 결려 상반신이 불덩이처럼 타오르다 결국은 눈에 핏발이 서고 열기가 솟구치고 화르륵 타오르는 듯 눈 주변이 이글거립니다.

눈 불은 마음의 병이 더 이상 분출구를 찾지 못해서 선택한 최종적 탈출구입니다. 몸에 난 구멍이란 구멍 중에서 가장 강렬한 기운이 뻗쳐 나갈 수 있는 곳이 눈이기 때문입니다.

사람의 몸에서 불길이 기인해 점화가 될 수 있다는 전설적인 지경?은 과히 황당한 무협지에서나 보고 듣는 것인 줄 알았는데 막상 화끈거리는 눈의 극한에 이르게 되니 상상만으로 만 치부해버릴 것도 아니란 생각이 듭니다.

불이 났습니다. 마음에서 일어난 불씨가 몸을 태우고 백탄처럼 강렬한 불쏘시개를 만들어서 눈에 불길을 냈습니다. 오늘 하루도 화염에 휩싸여 활활 타오릅니다.

열정과 냉정 사이

간극이 없다.

동전의 양면처럼 서로 등을 대고 있을 뿐이다.

돌아서 마주볼 수 없는 밀착.

영원히 다른 곳을 바라봐야 하는 동행.

전혀 다른 성질들의 동거.

열정과 냉정 사이의 거리는 먼 것 같지만 실은 거리가 없다.

혼신의 힘을 다 하다가도 모든 힘을 다 빼버리면 완전하게 다른 세계로 진입한다.

뜨겁고 차가운 괴물이 내 안에서 서로를 견제한다.

어쩌면 그 견제의 균형이 살아가게 하는 것일지도 모르겠다.

살 수 있게 만들어주는 것인지 모르겠다.

열정만이 질주하면 자폭하게 될 것이다.

냉정만이 폭주하면 자폐가 될 것이다.

장미나 필 것이지

어느 길, 낯설지 않는 단독주택의 담을 따라 걷다가 담장을 넘어 길 쪽으로
얼굴을 환하게 내밀고 있는 장미 앞에 걸음을 멈췄습니다.

바닥이 난 핸드폰 배터리 같이 깜빡깜빡 생각을 이었다 잊어버렸다 하며 고
개를 숙이며 걷는 눈을 한 순간에 만땅으로 충전시켜주었지요.

걱정이란 게 사소한 것에 집착하다 보면 한없이 새끼를 치며 늘어만 가고 몸
이며 정신까지 또 다른 큰 걱정에 먹혀 들게 만듭니다. 오래 전부터 키워왔던?
팔뚝의 혹이 티눈만 하던 게 이제는 호두 알만해져서는 아프기도 하고 붉으죽
죽 한 것이 영 눈에 거슬리게 되어 제거 수술을 받아야 할 텐데 하는 생각에 이
르자 일어나지 않은 상황에 대한 걱정들이 마구 몸을 키웁니다.

마취는 국소 마취일까, 전신 마취일까. 수술은 얼마나 걸릴까, 아플까. 잘못
되면 팔에 이상이 생기는 건 아닌가. 점점 깊이를 더해가며 걱정의 나락으로
빠져들었지요.

노란 장미와 눈이 마주치면서 픽, 웃음이 났지요. '팔뚝에 장미나 한 송이 필
것이지.' 꽃도 아닌 것이 꽃 인양 피어나서는 뿌리를 깊이 내리고 살다니…….
걱정을 일단 내려놓고 병원부터 가보자 맘을 먹게 되었지요.

에구구, 아침에 병원 수소문해서 예약을 해두고 일단 검사를 받기 위해 출발
합니다. 부딪쳐 보면 알게 될 것을 미리 걱정에 먹혀 들어 있었다니. 장미가 핀
길을 따라 가벼운 마음으로 가야겠습니다.

핀다는 것

기억의 한 부분을 열어보면 우리는 항상 피기 위해 준비를 하고 안간힘을 다해 피어났다가 지기를 반복하고 있다는 것을 알게 됩니다.

나무와도 같은 삶을 살고 있습니다.

아니, 나무만이 아니라 지구상에 존재하는 것이든, 우주에 존재하는 것이든 모든 만물은 피고 지고, 명멸을 하면서 삶을 반복하는지도 모르겠습니다.

피어나기 위한 돋음의 고역을 이겨내기 위해서는 어떠한 고통이라도 능히 밟고 일어나기 위한 부지런한 준비를 해야 합니다.

준비가 갖춰지면 비로소 화하게 꽃으로 피든, 나뭇잎으로 피든, 이루고자 하는 것으로 피든 핀다는 것의 단계에 이르게 됩니다.

절정을 향해 피어나는 것도 고통이 동반할겁니다.

그냥 절정을 맞는 생명은 없으니까요.

유지하고 한발 더 나아가기 위해서는 역시 멈추지 않는 자신과 혹은 외부와의 싸움을 중단해서는 안되기 때문입니다.

우리는 그렇게 삶을 반복하고 있습니다.

그래서 더 아름답고 값진 삶입니다.

천천히 길을 걸으면서 재잘대며 어깨를 걸고 앞서가는 아이들을 보았습니다.

막 피기 위한 준비를 하고 있는 아이들의 환한 얼굴에도 역시나 준비를 위한 고통은 숨어 있습니다. 준비를 위한 고통은 인생의 마지막까지 이어지고 이어지며 반복될 것입니다.

그러나 누구도 그 반복을 두려워서 피하지는 못합니다. 싸워 반드시 넘어야 하는 단계일 뿐입니다.

양지바른 곳에 활짝 이미 피어난 철죽꽃 옆으로 살짝 그늘진 곳에는 같은 철죽이라도 이제 겨우 몽오릴 맺고 있을 뿐입니다.

그렇지만 늦게 피는 만큼 더 오래가고 옆의 꽃들이 지는 모습을 다 지켜보게 될 것입니다.

조금 늦은 것이 그리 나쁘지만은 않다는 전언으로 받아들여도 될 것입니다.

핀다는 것은 준비한다는 것입니다.

나도 또 다른 내 삶을 피우기 위해 오늘 한가지를 준비해 봅니다.

어설퍼서 다 표현하지 못했던 사랑의 방식으로 결코 잃고 싶지 않은 가족을 향해 활짝 피고 싶습니다.

솔직한 고백

점잖게 말하면 나는 낭만적이지요. 볼거리들 앞에서 다분히 감상적이 되고 속으로 많이 울기도 해요. 눈물을 드러내지 않으려 심호흡을 많이 하지요.

창피한 것은 아닌데 나약해 보일까 걱정이어서 그런가 봐요.

솔직히 말하면 나는 비겁해요. 정면으로 맞서길 싫어하죠.

나 아닌 다른 이에게 상처 주는 게 무서워요.

많은 걸 내가 안고 가려 하지요.

어느 날엔가는 내 가슴이 포화 돼서 더는 안을 수 없게 될지도 몰라요.

끔찍한 상상으로 머물기를 바래요.

나마저도 안을 수 없게 된다면 세상이 끝나는 거 자나요.

나는 이제 솔직해지고 싶어요.

점잖아 봤자 빛 좋은 개살구일 뿐 내가 아니니까요. 내가 나일 때여야 해요.

솔직히 나는 낭만을 사랑하지만 고립도 존중해요.

나는 나로 살 수 있기를 언제나 꿈꾸며 살아요.

외로움을 즐거워하며 낭창낭창한 여유를 동경하며 절대 무너지지 않는 담장처럼 그렇게 버티며 살고 싶지요.

싹

세상에 오로지 나 밖에 없는 줄 알고 사는 사람이 있어요. 겁나게 주위 사람을 힘들게 하지요. 본래 '유아독존'이란 말은 좋은 의미였지요.

깨달음을 얻어 오롯이 선다는 뜻을 가지고 있는 선문답일 텐데 요즘은 '저만 알고 남을 배려하지 않는다는' 못된 인간의 표상이 되어버린 말이 되었지요.

싹수가 노란 것은 아예 자라지 못하게 뽑아버려야 하는 것인데 모나게 자라서 주위를 더럽히고 잘 자란 것들의 피땀을 빨며 더 못되게 살집을 불려요. 마치 그렇게 사는 게 자랑인줄 알고 떠벌리면서 더 가열차게 남들의 위에 군림하려고 하죠.

밭을 일구거나 화단을 가꿔본 적 있나요. 반드시 싹이 노란 것들은 미리 뽑아버려야 해요. 웃자라서 세상을 혼탁하게 만들기 전에, 밭을, 화단을 피폐하게 만들기 전에 제거해야 마땅해요. 설마 그렇게까지야 하는 망설임이 종국엔 모든 것을 망치니까요.

뽑아내 버리고 싶어도 내가 뽑을 수 없는 싹이어서 답답해요. 방치하고 무시하고 멀리하고 있지만 지 맘대로 옆에 다가와서 내 피땀을 빨고 있어요. 기생충처럼, 못된 놈이 지가 못됐다는 것을 알지 못하듯 못된 짓거리를 마구 저지르면서도 당당한 걸 보면 세상에 천벌이란 건 없다는 것을 받아들이게 되요.

오늘도, 내일도, 모래도. 나는 못된 싹 주위를 피해 다녀야 해요.

4월의 메신저

튀밥 같은 벚꽃들이 여기저기서 소식을 전해옵니다. 잔인한 사월이란 말은 생명들이 깨어나기 위해서 안간힘을 쓰고 결국 활짝 열리기까지의 고통을 빗 댄 은유적 표현입니다. 그만큼 깨어난다는 고통이 크다는 것을 강조한 것이지 정말로 잔인한 일들이 많아서 잔인한 사월이라고 표현한 것이 아닙니다.

잔인하지만 아름다운 사월을 맞이합니다. 사방에 피어나고 있는 꽃에 눈이 호강을 하고 훈풍이 살갗을 감싸줘 피부가 아늑해집니다. 사월은 따뜻하고 밝 은 생활의 메신저입니다. 비로소 완연한 봄이 시작되는 사월입니다.

이번 주말이면 집 뒤의 동산에도 벚나무들이 활짝 얼굴을 내밀 것입니다.
침대에 누워서도 눈만 빠끔히 뜨면 휘황찬란한 벚꽃 등이 밝혀진 모습을 볼 수 있는 운치 있는 집에서 사는 호사를 누리고 있습니다.
국립공원 계룡산 자락 빈계산이 병풍으로 둘러쳐진, 학이 알을 품고 있다는 명당자리에 자리잡은 집에 들어서면 왠지 평온해집니다. 주말마다 찌든 서울 생활을 벗어나 곧장 내려가는 이유는 그런 평안을 만끽하기 위해서입니다.

사월이 통째로 안겨 들어 옵니다. 사월엔 따뜻한 집처럼, 맑고 화려한 꽃들 처럼 마음이 흐드러진 일들이 많았으면 좋겠습니다.

품

주말을 내내 아내와 둘 만이서 붙어 있다 보니 정말 할만한 일이 없더군요. 나들이도 한 두 번이고, 외식도 한 두 번이지. 눈 뜨면 둘만이 있는 덩그런 집안에서 같이 있어도 심심했지요.

아이들의 빈자리가 점점 커지고 있어요. 투정부리기도 하고, 속 썩이기도 하고, 와자하게 웃기도 하고. 재잘재잘 밥을 먹으며 떠들어대던 모습들이 자꾸 생각이 났어요.

반찬이라도 만들어서 보내야겠다고 부엌에서 무치고, 지지고 하던 아내가 갑자기 한숨을 푹 쉬며 '아 딸 보고 싶다' 하며 눈물이 그렁그렁하데요. 에구구 청승은, 하면서 나도 모르게 가슴이 철렁하고 목이 울렁거려 감추느라 혼자서 낑낑댔지요.

든 자리는 몰라도 난 자리는 금세 테가 난다지요. 품을 떠난 아이들의 흔적을 찾으며 이방 저방 기웃거렸지만 썰렁하게 빈 아이들의 방만이 가슴에 찬바람으로 들어왔지요.

부모의 품은 어린 아이들을 품어 안을 때만 필요한 게 아니지요. 떠난 아이들이 돌아와 안길 수 있도록 항상 열어놓아야 해요. 아이들을 안았던 것처럼 이제는 슬퍼하는 아내를 안아야겠어요. 아빠가 가져야 할 품, 남편이 가져야 할 품이니까요.

결정

가을 하늘보다 더 푸른 하늘을 보다가 봄과 가을은 비슷하다는 간과할 수 없는 시절의 동일선을 새삼 느낍니다.

겨울을 앞, 뒤에 두고 사뭇 대칭을 이룰 수 밖에는 없을 테지요.

원하는 바를 이루기 위해서는 무엇이든 해야 됩니다.

시절을 탓하고 외부 환경을 핑계 대고 있어서는 아무것도 손에 들어오지 않는다는 것을 우리는 마땅한 진리로 알고 있습니다.

무언가를 하기 위해서는 매 순간 '결정'을 해야만 합니다.

결정을 하기 위해서는 수없이 망설이기도 하고 구체적인 데이터를 수집하고 계획과 실행에 대한 시뮬레이션도 해야 합니다.

물론 주위 사람들 혹은 전문가에게 조언을 구하기도 해야 합니다.

그러나 그 모든 사전준비에도 불구하고 결국 결정은 오로지 자신의 몫이 됩니다.

'할 것인가, 말 것인가, 갈 것인가, 가지 않을 것인가'

내가 하는 결정이 나만을 위한 것일 수도 있고 여러 사람을 혹은 단체에 지대한 영향을 미칠 수도 있게 됩니다.

그 영향이 옳든 그렇지 않든 살아가기 위해서는 '결정의 순간'을 회피할 수는 없습니다.

결정의 순간에 여태껏 나는 나보다는 주위를 위한 결정을 주로 하는 편이었습니다.

그런데 대부분의 사람들은 그렇지 않다는 것을 최근에 많이 느끼게 됩니다.

사회의 불안정한 분위기가 그렇게 만드는지도 모르겠습니다.

배려나 인지상정이란 말로 포장되었으나 실상은 자기자신을 최상의 배려 대상에 올려놓고 하는 결정이 대부분이 되어 있습니다.

이런 사람이 주위에 흔한 사람은 무척 불행할겁니다.

멀리해버리면 되겠지만 사정상 멀리 떼어놓을 수 없는 사람이라면 그 갑갑하고 답답한 가슴앓이는 모두 내 몫이 되는 것입니다.

바람의 방향 따라

몸이 절로 오므라듭니다. 매서운 바람이 문을 밀어대 외출을 하려다 손잡이를 다시 놓고 뒤돌아 서고 맙니다.

하늘은 제법 청명한 편인데 어제, 그제 따뜻했던 기운을 멀리 쫓아버린 바람이 먼지를 일으키며 존재감을 강화합니다.

내일은 영하 7도의 아침이 될 거라 연신 날씨뉴스를 내보내는 방송이 부산합니다.

빛이 있으되 그늘이 있게 마련이고 따뜻함이 지나가면 추위가 한바탕 기승을 부릴 거고 비 오고 나면 또한 청명한 날이 올 테지요.

양과 음이 서로의 자리를 번갈아 내어주며 조화를 찾는다는 것을 우리는 모두 알고 있습니다.

시련이 있기에 성취감이 더 크고, 앞 선자들이 있기에 뒤를 따른 사람들의 발걸음이 가볍기도 합니다.

주고 받고, 얻고 잃고 한가지만을 완벽하게 하며 살 수는 없습니다.

나아감과 물러남의 시기를 적절히 섞어야만 어울려 살 수 있을 겁니다.

싸움에서 승리하기 위해서는 돌진과 후퇴의 적절함을 알아야 합니다.

무작정 돌진만 한다면 몰살의 길을 가는 것일 테고, 후퇴만 한다면 결코 승리의 기쁨은 맛보지 못할 텝니다.

오늘, 바람 앞에 서서 맞섬과 물러섬에 대해서 생각합니다.

혹자는 정중동을 미덕처럼 말을 합니다.

중심을 잡고 살아야 한다는 좋은 충고일겁니다.

그러나 오늘을 사는 우리에게 혼자만의 정중동은 비겁한 삶의 태도가 되어버렸습니다.

나만이 오롯이 중심을 잡고 움직이려 하지 않는다면 나를 둘러싸고 함께 살아가고자 하는 사람들이, 환경들이 나를 비껴 멀어져 갈 뿐입니다.

이웃과 마음을 함께 하고 행동을 해야만이 조화롭게 살아갈 수 있는 세상이 된 것이지요.

바람에 몸을 싣고 바람이 가는 방향대로 함께 가보고자 합니다.

낯선 이중성

어제는 일주 차 새내기 대학생이 된 둘째 딸을 만나고 왔다.

따뜻한 국밥 한 그릇 마주 놓고 먹으며 제법 학교생활에 잘 적응하고 있는 이야기를 들어주면서 대견한 마음에 등을 토닥여 주게 된다.

처음 해보는 서울생활임에도 금세 적응을 해나가고 혼자서 멀리 떨어진 학교를 다니는 것을 보면 걱정되고 아까워서 집 밖에 내놓지 못하고 졸졸 따라다녔던 그 가소로운? 딸이 아니구나 하는 안도감 혹은 섭섭함의 이중 복잡한 마음이 낯설다.

보고 싶으면 언제든 찾아가서 볼 수 있는 거리에 있긴 하지만 이젠 내 맘대로 시간을 정해 볼 수 있는 것은 아니게 되었다.

딸의 스케줄과 내 스케줄이 겹치지 않아야만 시간을 내서 볼 수 있는 그런 사이가 되어버린 것이다.

밥을 다 먹고 찬바람이 부는 길을 손을 잡고 걸으며 딸아이의 시린 손에 내 온기를 전하려고 노력했다.

'대학생이 됐는데도 아빠 손을 잡고 다니는 딸은 자기 밖에 없을 거라며' 너스레를 떠는 녀석에게 슬며시 고마운 마음도 든다.

이거 저거 먹을 거리를 사서 챙겨주는데도 필요한 만큼만 사고 더는 사려하지 않는다. 더 많이 풍족하게 해주고 싶은데 낭비하지 않겠다고, 아빠가 힘들게 번 돈 아껴야 한다고.

서울생활 며칠 만에 철이 들어버렸나 본데, 그런 딸아이의 마음 씀씀이가 왜 서운한 것일까. 자기밖에 모르던 녀석의 갑작스런 변화가 애늙은이 같고, 내 그늘에서 한 걸음 멀리 달아난 것 같다.

자취방에 올려 보내주면서 안쓰럽고 대견해서 '우리 딸, 에고 이제 다 컸구나!' 하고 꼭 안아주는데 눈시울이 왈칵 쏟아지려고 해서 혼이 났다.

'그래, 그래 이제 네 몫을 찾아가고 있구나'
주변에서 오랫동안 머물며 네가 가는 길을 밝혀주도록 노력할밖에…….

꽃을 샘하다

경칩이 글피로 다가왔네요.

개구리가 깨어난다는 절기인데 온화한 기온으로 인해 이미 남쪽지방의 개구리들은 왕성하게 번식활동을 시작한 상태입니다.

개울 옆을 지나다가 짝짓기를 위한 괴성?의 시끄러움에 낯이 붉어졌드랬습니다.

이놈들은 대낮인데도 저리 성애를 위해 목소리를 올릴 수 있는 만큼 올린 옥타브로 신음소리를 내는구나!

공연히 엉뚱한 생각이 나서 가슴이 뜨거워졌습니다.

봄이 다 왔구나 하고 방심을 할라치면 봄을 시샘하는 추위가 불현듯 찾아옵니다.

꽃이 피는 것을 시샘한다고 예쁘게 포장해놓은 반갑지 않은 반짝 추위입니다.

말이 꽃샘추위지 이 환절기의 시기에 새 생명들이 움틀 준비를 하고 노쇠한 생명들은 변화에 면역력이 약해져 많이들 사라지기도 합니다.

요사이 잦은 부고장이 환절기임을 몸으로 느끼게 해줍니다.

새 생명들이 완연히 깨어나 화사하게 꽃으로 피어나면 모든 생명들이 짝짓기에 돌입해 또 다른 생명들을 만들어 내겠지요.

졸업과 입학, 죽음과 결혼, 끝과 시작.

3월이 내포하고 있는 줄임 말입니다.

비와 함께 바람이 불어오고 달갑지 않은 황사와 미세먼지가 섞여 찾아옵니다.

하지만 뭐, 지나갈 일들이고 반드시 지날 수 밖에 없는 일들이니 담담하게 맞아줄 밖에요.

나무들이 잎과 꽃을 터트리기 위해서 겨우내 품고 있었던 망울들을 부풀리고 있는 것이 눈으로 보여집니다.

올 해는 예년에 비해 십여일 가량 꽃이 먼저 필 것으로 예보되고 있습니다.

그만큼 우리가 참아낼 꽃샘추위의 시샘도 짧아진다는 것이지요.

꽃을 시샘하는 것인지, 꽃이 시샘을 하는 것인지.

겨울과 봄 사이, 긴장감이 드네요.

운다

가슴이 울먹거리는 일요일 오전입니다.

오랜만에 시골에 있는 어머니의 목소리를 들을 겸 전화를 했습니다.

목소리가 좋지 않습니다.

몸이 많이 안 좋은 듯 합니다.

나이가 들어가면서 당연히 여기저기 고장이 났겠지만 가까이서 자주 들여다 볼 수도 없습니다.

바쁘고 지쳐서 산다는 핑계로 전화도 자주 못합니다.

나만 이러고 사는 것은 아닐 테지요.

내 가정 하나만 해도 뿔뿔이 흩어져서 각자가 사는 중이라 서로 얼굴 들여다볼 시간이 없는데 거기다 어머니까지 혼자 있으니 참말로 꼴이 말이 아닙니다.

명절에도 스치듯 하루, 이틀 시골 어머니의 집에 머물다가 부지런히 일상으로 복귀해야만 합니다.

나와 아내는 회사로, 아이들은 학교로......

산다는 게 내가 행복해지기 위해서 일 텐데......

나는 행복한지 반문해보면 선뜻 어떤 말도 할 수가 없습니다.

내가 행복한지도 모르면서 남을 행복하게 할 수는 없겠지요.

행복은 자신의 범위를 만들고 그 범위 내에서 안식과 평안을 얻어야 일차적인 조건이 충족되는 것일진대 나이 오십이 다 되도록 나의 범위마저 확정 짓지 못한 것 같습니다.

행복이란 선물이 하늘에서 뚝 떨어질 리도 만무한데 오늘은 그런 헛된 기대라도 갖고 시간을 보내야겠습니다.

〈하늘에서 행복이 비처럼 내리기를.〉

마침 오늘 밤부터 비가 온다고 하니 혹, 빗속에 망할 놈의 행복도 같이 오지 않을까요?

제2부
생각의 땀이 흘러서
눈부신 여름

허물의 가치

자신의 허물은 시간을 앞서 잊게 되고 타인의 잘못은 기억 깊숙한 곳에 저장해 두고 오래오래 되짚으며 우려낸다.

사람이란 그렇다.

허물도 내 것과 남의 것의 무게와 가치가 다른 법이다.

귀

오랜만에 집에 내려오는 작은딸아이가 닭갈비 먹고 싶다고 노래를 합니다.

아이들끼리 떨어져 살게 하다 보니 제대로 먹을 것을 챙겨 먹이지 못하는 것이 못내 안타깝습니다.

어느 부모가 그렇지 않겠습니까.

아내도 며칠 같이 있는 동안 챙겨 먹인다고 토요일부터 일요일까지 부산하게 생각이 날 때마다 시장바구니를 끼고 이것저것 식 재료들을 사다 나르더군요.

허리 아프다고 하면서도 아이들 생각하면 절로 통증이 없어지는지 더위에도 아랑곳 하지 않고 사 나른 재료를 볶고, 무치고, 끓여놓는 마음을 함께 공감했습니다.

버스터미널에서 픽업하자마자 닭갈비를 먹으러 갔습니다.

고기가 익는 동안에, 고기를 입안에 우겨 넣으면서도 작은 아이는 재잘재잘 엄마와 그 동안 밀렸던 먹는 이야기며 학교이야기며 미팅? 〈미팅이라니 나 아닌 남자에게 관심을 가지는 것이 못내 서운하기도 하고……〉 이야기를 늘어놓습니다.

그런데 맞은편에 앉아 있는 내 귀에는 잘 들리지 않습니다.

일부러 소근거리는 것도 아니고 비밀스럽게 암호를 주고받는 것도 아닌데.

이번 건강검진에서 귀에 이상이 있다고 잘 안 들리는 경우가 있을 거라고 하더니 귀가 문제였던가 봅니다.

귀가 잘 들릴 때도 나는 이랬을 겁니다.

귀를 열어놓기만 했지 도통 집중하고 기울여서 아이의 이야기를 들어주질 않았을 겁니다.

만일 그랬더라면 아무리 귀가 어두워지더라도 아이의 말이라면 또렷이 들을 수 있었겠지요.

"아빠, 내 얘기 들었어?" 하고 조잘거리다 물어오는 딸에게 응, 응 하며 대략 뭔 말인지 유추해내고 얼렁뚱땅 대꾸하다 보니 딴소리를 하게 됩니다.

귀를 여는 것은 마음을 여는 척도라는 것을 뼈아프게 느낍니다.

이제 잘 안 들리더라도 더 열심히 귀를 열고 들어야겠습니다.

아이들의 언어와 몸짓에 광적으로 화답하며 호들갑을 떤다고 부끄러운 것이 아닐 테니까요.

그대들의 귀는 열열하게 반응하고 있는지요.

맨드라미 애상

처마 밑, 돌담 아래에 피어서는 길 가는 사람들에게 조근조근 여름의 근황을 알려주던 어린 시절 시골동네 골목길에서의 기억이 아련하다.

맨드라미는 고된 삶을 이겨보겠다고 도회로 보따리를 싸가서 미싱을 돌리는 미싱공으로, 오라이를 외치는 버스 안내양으로 결국은 커피잔을 나르며 나락으로 나락으로 삶을 퇴색시켰던 가난한 농사꾼의 어린 딸들의 눈물같이 붉은 귓바퀴를 닮아 있다.

그래서 더 추억이란 이름만으로는 만족할 수 없는 안타까움이 더덕더덕 붙어서 검은 씨앗으로 영그는지도 모른다.

맨드라미는 새마을 운동과 함께 잘살아 보세를 가슴에 담고 동구 밖으로 떠나가 찌들고 지친 몸으로 돌아오거나 영영 돌아오지 못할 처지에 빠져 버린 소녀 티를 벗기도 전에 얼추 어른의 몫을 감당해야만 했던 그런 처연한 농촌의 근대사를 지켜본 꽃이다.

칠석

음력 7월 7일, 칠석이다.

견우와 직녀가 주인공이지만, 1년의 시간을 고대하다 마음 뜨겁게 만났다가 헤어짐이 서러워 오작교에서 애절한 눈물을 흘린다지만 다리를 만들어줄 까마귀의 진실된 동정이 없었다면 애초에 견우와 직녀는 손마저 부여 잡고 서로를 가까이서 느낄 수도 없었으리라.

이야기 속에서나 현실에서나 주인공 보다 더 출중한 역할을 하는 조연들이 있게 마련이다.

자신이 모두를 아우르는 최고점에 있는 듯 여기는 주인공의 연기에만 몰입하는 사람이 있다.

그 몰입은 병적이다. 자칫 안하무인이 되기 십상이다.

자기를 빛나게 하는 것은 자신만의 탐구가 아니라 주변을 들춰 세워야 한다는 것을 알아야 할 것이다.

주변에 주목 받지 못하면서도 세상을 구성하고 있는 조연들이 있기에 조화롭게 세상이란 연극이 탄탄해 진다.

주인공 하나만을 위하여 세상은 돌아가지 않는다.

오작교를 만들고 있는 한 마리 한 마리의 까마귀가 날갯짓을 다시 시작하며 산개하면 견우와 직녀도 돌아서 다시 각자의 존재감이 옅어지는 시간 속으로 돌아가야 하는 것처럼 배경을 이루어 단단히 떠 받치는 주인공 보다 더 빛나는 조연들이 있으므로 한편의 삶이 감동도 생겨나고 오래도록 기억 속에 남게 되는 것이다.

오늘의 가장 비중 있는 조연은 나다.

나는 내 주변을 밝힐 것이며 시원한 소나기같이 고단한 가뭄을 해갈할 것이다.

무념무상

요즘 같은 날씨에는 골똘히 무엇인가를 생각하는 것도 사치가 될 듯 하다.
가만히 있어도 머리카락 사이에서 땀이 흘러내려 가슴 골과 등 짝이 흥건해
지는데 머리를 굴리는 일 자체가 골치 아파진다.

생각할 마음도 생각할 기운도 없어진다. 생각도 몸 상태를 따라 옅어졌다 깊
어졌다 하는 것이다. 몸이 건강해야 생각도 건전해지고 의미가 깊어진다.

지치고 녹초가 된 몸을 따라 생각도 파김치가 되어버린다.
무념무상이란 말이 오히려 고급스럽게 여겨진다.
道라도 깨우친 것처럼 무념무상의 경지에 이르는 것이 아니다.
생각한다는 것이 그저 귀찮아진 것이다.

그냥 아무것도 하기 싫다. 격하게 그냥 그대로 나를 방치해버리고 싶어진다.
때로 이어지지 않는 생각을 하려고 애쓰지 않고 멍하니 시간을 보내는 것도
좋은 자기성찰이 될 수도 있을 것이다.

비우고 비워내다 보면 다시 채울 것이 찾아오기도 할 것이다.
지금은 비울 때다. 머리를 비우고 세상과 공명할 때를 기다려 보자.

냄새

　모든 사물은 저마다의 냄새가 있다. 냄새는 본성이다. 꽃 냄새는 그 꽃만이 발산하는 본연의 자아다. 나무도 자신만의 자아를 가지고 있다. 소나무에게서는 송진 냄새가 나고 향나무에서는 향초 냄새가 나듯 사람에게도 냄새는 그 사람의 자아를 외부로 표출해내는 정체성이다.

　달콤한 냄새가 나는 사람은 속이 부드럽고 다른 사람들을 황홀하게 해준다. 쌉사름한 냄새가 나는 사람은 냉철하지만 주변을 차분하게 가라앉혀 준다. 흙 냄새가 나는 사람은 모든 근심을 내려놓고 평안하게 분위기를 안정시켜 준다.

　그러나 모든 사람이 좋은 냄새만을 가진 것이 아니다. 구역질이 나도록 지독한 향수가 있듯이 냄새가 너무 강한 사람도 있고 코를 아무리 킁킁거려도 나는지 안 나는지 미약한 냄새를 자진 사람도 있다.
　역겨운 냄새를 가진 사람은 자신 이외의 모두를 오염시켜 숨막히도록 하고 냄새를 감춘 사람은 음모를 품고 있어 자신 이외의 모두를 불안 속으로 몰아간다.

　좋은 냄새는 병든 사람도 치료해주고 마음을 차분하게 해 준다. 나에게는 어떤 냄새가 날까. 자신의 냄새를 자신이 맡을 수는 없다. 스스로가 맡는 냄새는 객관적일 수가 없기 때문이다. 누구나 에게 익숙하고 스스럼없이 받아들여지는 냄새를 갖고 싶다.

살핌에 대하여

두리번거리며 걸음을 멈춘다. 마땅히 찾아야 하는 것이 있어서는 아니다. 습관처럼 살피는 것이다. 어쩌면 외부에서 전해지는 피해가 있을지 걱정하는 것인지도 모를 일이지만 실상은 그보다 나로부터 전해질지도 모르는 피해가 없기를 바라는 마음이 더 크다.

살핀다는 건, 여럿이 할 수도 있는 일이긴 하지만 대체적으로는 자신의 일이다. 작은 흠이라도 놓치면 큰 부담으로 되돌아오는 일도 있을 것이고 크게 보인 틈이라 할지라도 지나고 보면 그저 그런 일이 되기도 한다. 상대적일 수 있는 일들에 대한 살핌은 자신의 느낌에 따라 달라지기 때문이다.

나에게 작은 것이 타인에게는 큰 것이 될 수도 있고 반대로 나에게 큰일이 상대에겐 그저 아무런 표시도 나지 않는 일이 되기도 한다. 살핌은 나와 주변을 아우르기 위한 최소한의 배려라고 해도 된다. 오로지 자신만을 돌아보는 것은 살핌이 아니다. 그것은 자아도취 혹은 자기현혹일 뿐이다.

오늘 나는 나를 비롯한 주변의 모든 것을 살펴본다.
잘 살아왔는가? 잘 살아가고 있는가?
그럴 것이다. 그러고 싶다.

힘을 내자

글을 쓴다는 것은 나 자신에 대한 스스로의 담금질이다.
돌아보고, 다지고 다시 일어서고 나에게 내가 하는 약속들이다.

내 숨이 붙어 있는 한 나는 글을 쓴다는 일을 멈추지 못할 것이다. 쓴다는 것
은 나를 나에게 증명하는 일이기 때문이다. 말하는 것보다 쓰는 일이 더 쉽다.
너스레를 입으로 털어놓는 것보다 글로 투덜거리는 것이 더 빠르다.

힘이 빠지면 에너지를 충천해야 하는 것처럼 나에게 쓴다는 것은 내 안으로
에너지를 밀어 넣어주는 것과도 같다.
지금도 내 눈 속으로 그대가 들어오고 있다.
그대는 나이기도 하고 너이기도 하고 총칭이기도 하다.
그대가 내 눈 속의 눈부처로 있는 한 힘이 다하지 않을 것이다.

힘을 낼 것이다. 아무리 더위가 기승을 부려도 한 때일 뿐이다. 시간이 지나
면 폭군처럼 자기만의 세상인 듯 안하무인 같던 더위도 청명한 가을 하늘에 자
리를 물려주고 언제 그랬냐는 듯 숨어버릴 것이다.

지금 힘든 일도 그와 같다. 내 눈 속에 있는 그대여, 힘을 내자.

우문현답

한 번 가라앉은 경기가 회복될 기미가 없어서 모두가 힘든 시간이 지속되고 있다. 장사를 하는 사람들이야 물건이 쑥쑥 팔려나가면 최고의 시간이지만 작금의 현실은 극심한 불경기에 어수선한 세계정세, 국내정세로 인해 영세 자영업자와 봉급쟁이들이 죽을 맛이다.

속상했는지 아침부터 거나하게 술을 잡수신 대리점사장님 한 분께서 지점에 찾아와서 대뜸 던진 화두.
"답이 없어요. 답이"

그래서 충혈되어 있는 그 사장님의 눈을 지그시 마주 보며 제가 이렇게 답을 했답니다.
"답은 정해져 있지 않지요. 답은 애초에 없을지도 모릅니다. 다만, 우리가 함께 답을 만들어가는 것이지요"

인생이란 문제집에 문항마다 정확한 답은 정해져 있을 수 없습니다.
문제를 풀어가는 사람이 모든 상황을 고려하여 문제지에 답을 만들어가는 것입니다.
오늘의 제 우문현답은 이랬습니다.

말과 글

아무도 없는 평일의 사무실은 오랜만이다. 혼자 켜놓은 에어컨 소리가 호강스러울 정도다.

원래 말하는 것을 달가워하지 않는 성격이지만 차가운 정적이 도는 사무실에선 더욱 말이란 것을 잊게 된다.

두런거리거나 요란스럽거나 말이란 어떤 형태가 되든지 귀청에 자극을 준다.

차분한 말소리를 듣게 되면 잔잔한 울림에 편안해지지만 들떠 있거나 횡설수설하는 말소리를 듣게 되면 안정감을 상실하고 울컥하게 된다.

말이란 하는 사람의 감정상태가 그대로 배어있게 마련이다.

듣는 사람은 자연스레 그 감정상태에 교감을 하거나 배척을 하게 된다.

아무런 말소리도 들리지 않고 아무런 말도 하지 않고 있을 수 있는 이런 시간이 나는 좋다.

머릿속의 생각들을 하나 하나 풀어 글을 쓰거나 간단한 메모를 작성하기에 딱 좋은 시간이기 때문이다.

말보다는 쓰는 것이 훨씬 편하고 논리가 세워진다.

한 번 던진 말은 부메랑이 되어서 반드시 돌아오기 마련이다.

취소하거나 지울 수가 없다.

반면 쓴다는 것은 틀리면 지웠다 다시 쓰고 맘에 안 들면 삭제해버려도 누가 알지 못한다.

어딘가에 흔적을 남기듯 쓴 글을 올리거나 저장해 놓지 않는 한 그렇다.

한 때 언변이 좋은 사람을 부러워하기도 했다.

술술 이야기를 풀어가고 논리를 세워 말을 잘하는 사람이 대단해 보였다.

사실 어눌한 말과 톤을 가진 나로서는 경외의 대상이기도 했다.

그러나 나이가 들어갈수록 자신의 말에 자신이 속박되어 가는 사람들을 보며 달변가라고 다 부러워할 대상은 아니란 생각이 든다.

말과 글을 적절히 구사할 수 있다면 더 바랄 것도 없겠지만 어디 두 가지를 다 잘할 수 있는 재능을 소유하기가 그리 만만하겠는가.

컴퓨터 자판기 두드리는 소리가 제법 정답게 들린다.

손가락이 움직이는 대로 머릿속이 화면에 활자가 되어 찍혀 나온다.

그나마 글 쓰는 것을 좋아하는 재주라도 있어서 다행이란 생각을 해본다.

에어컨도 좀 쉬도록 잠시 전원을 꺼놔야겠다.

소음

생활 자체가 소음 숲이라고 해도 누가 뭐라 반문을 할 것인가.
창문 너머로 들어오는 차의 질주소리, 경적소리. 에어컨 실외기의 굉음소리.
그러나 그 모든 소음보다 신경을 긁는 최고의 소음은 역시 사람소리다.

조용한 상태를 유지하고 싶은 사무실에 아침시간부터 들려오는 하이톤 혹은 저음의 다양한 목소리에 신경이 곤두선다.
소리를 내지 않으면 마치 살아있다는 존재감을 느끼지 못하는 듯이 끊임없이 누군가를 향해, 허공을 향해 말의 공해를 던져내는 사람들이 주변에 간혹 있다.

고역 중에 고역이다.
싫은 목소리의 저급한 성량에 귀의 달팽이관이 충격을 받아 평행감각이 문제가 된다.
울컥 짜증이 일어나기도 하고 불끈 성질이 올라오기도 한다.
그렇다고 귀마개를 하자니 그 또한 답답할 것 같아 이러지도 저러지도 못하고 있다.

풀잎을 스치는 낮은 바람 소리.

마음 깊은 곳을 파고드는 잔잔한 피아노 소리.

사랑스런 아이의 까르륵 소리.

마음이 어울리는 사람의 작은 미소에 어린 소리.

함께 하고 싶은 마음의 평화와 위안의 소리들이 더 많았으면 좋겠다.

소음은 폭탄과도 같다.

정신을 폭파시키는 파탄이다.

그 중 어울리고 싶지 않는 사람이 발산하는 소음은 핵폭탄처럼 지독히도 영
혼을 균열시킨다.

소음에서 자유롭고 싶은 날이다.

타협(妥協)

갈등의 묘미는 타협에 있다. 사람과 사람이 만들어가는 관계에서 갈등이 없을 수는 없다.

죽도록 사랑하는 사이라 하더라도 생각의 차이, 방식의 차이로 인해 골이 생겨난다.

그 골을 메우며 서로를 속 깊이 이해하게 되고 사랑이 깊어지는 법이다.

하물며 일이라는 밥벌이를 위해 맺어진 이해관계에서 갈등의 발생은 다반사다.

갈등을 두려워하거나 회피할 필요는 없는 이유다.

대립하는 서로가 대립으로만 끝난다면 그 관계라는 것은 의미가 없어진다.

의미 있는 대립관계의 성립은 머리를 맞대고 서로를 이해시키고 납득하는 과정 속에서 이뤄지는 타협이 있기에 가능한 일이다.

타협은 지고 이기는 문제로 보아서는 안 된다.

양보일수도, 배려일수도 있는 이해의 결과물이다.

양자의 갈등이거나 다자간의 갈등이거나 타협에 이르는 길이 순탄하지만은 않겠지만 서로의 눈을 보며 합의점을 찾아가려는 의지가 전제된다면 결과는 반드시 나오게 되어 있게 마련이다.

물론 내면의 자신과 외면의 자신의 괴리에서 오는 스스로의 갈등에도 타협이란 관계공식은 통용된다.

타인과는 당연히 대립이 이뤄질 수 있다고 납득을 함이 당연하지만 자신과의 대립에는 익숙하지가 않을지도 모른다.

그러나 살아가면서 당면한 현실의 어려움에 직면하는 순간 내적 갈등에 스스로가 시달리며 고통 속에 처하는 경우가 허다하다.

결국 자신의 내부에서 수없이 많은 의견들이 충돌하고 그 충돌의 여파가 스스로를 하나의 의지로 달궈내는 것, 나와의 타협이다.

오늘도 나는 타협을 한다.

주변의 환경과도 어울릴 수 있도록 나를 이해시키려고 노력한다.

내 의도와는 전혀 다른 의지를 가진 다른 사람들과의 타협을 계속해서 시도해 간다.

삶이란 물러서는 것이 아니라 나를 향해 오도록 앞당겨 나가야 한다.

그러기 위해서 타협에 서툴러서는 안 된다.

더위 먹다

우리말은 참 배가 고픈가 보다. 더위를 먹는다고 표현을 한다.
더위를 먹으면 온몸에 힘이 빠지고 혼곤한 상태가 되어 의욕이 없어진다.
사람이 흐물거리게 된다.

더위를 먹은 것이 아니라 더위에 먹힌 것인데도 먹는다고 역설적으로 표현
을 하다니.
얼마나 배를 곯았으면 더위까지 먹게 되는 것이냐.

나도 배가 고팠나 보다.
요즘 같은 마른 장마에 후덥지근함을 달고 사는 것은 당연지사지만 어찌어
찌 피해볼 요량으로 에어컨에 의지하다 오히려 더위를 먹어버렸다.
달리 냉방병이라고도 부르지만 결국엔 더위에 지고만 것이다.

몸이 축 늘어진다.
마음이 축 쳐진다.
더위도 제풀에 지쳐 잠시 쳐졌으면 좋겠다.

처음처럼

처음을 생각하면 모든 문제가 단순해진다. 가슴 떨리고 순수했던 처음을 넘어서 자신에게로 파고들게 되면 문제가 발생한다.

사람이란 자기중심적 동물이어서 시간이 갈수록 자신을 중심에 놓고 모든 상황을 맞춘다.

처음으로 돌아가자.

네가 먼저였기 이전에 상대와 상황을 나 보다 앞에 두었던 그 때로 돌아가자. 다시 현실이 보일 것이다. 상대를 나에게 끌어들이려 하지 않고 그대로 두면서 바라봐줄 수 있을 것이다.

초심을 지키는 것이 그래서 어렵다.

처음처럼......

그러면 충돌이 줄어들 것이다.

비 오는 베란다 앞에서 오늘의 화두는 처음이다.

비 온다. 비를 맞으면 걸려서는 안될 여름감기에 정복을 당할지 모르지만 빗속의 질주가 하고 싶다.

열병을 앓는 몸을 향해 비 온다.

무심

이른 아침 칠월 첫날의 바람이 선선해서 피부에 와 닿는 감촉이 부드럽다.

채우고 비우고를 반복하면서 덜 채웠다고 느껴질 때나 덜 비웠다고 생각할 때 마음이 어지러워진다는 것을 경험으로 알고 있다.

부질없는 마음 씀이다.

자신이 만족할만한 채움도 비움도 이뤄내며 살기는 버거운 게 삶의 한계임을 알면서도 악착같은 미련에서 벗어나지 못하는 것이다.

마음을 없애보기로 다독여본다.

無心은 무관심이 아니다.

마음을 없애는 일이다.

맹목의 집요함에서 벗어나는 일이다.

무관심과는 애초에 태생부터 다른 발상이다.

완벽한 무심이야 구도의 길을 가는 이에게나 추종할 일이겠지만 생활 속에서 헛된 미련이나 집착을 덜어내는 것부터 시작해 보고 싶다.

당면한 현실의 일들에만 집중하고 그 너머의 있을지 없을지도 모르는 미래라는 시간은 접어두기로 한다.

과거야 이미 지나간 수첩 속에 낡은 사진 같은 것일 테니 되돌리거나 회상이

란 이름으로 집적거리며 시간을 허비하기엔 억울하지 않겠는가

나에게 무심이란 마음을 비우는 것이 아니다.

마음이 움직이는 대로 사는 것이 될 것이다.

앞과 뒤를 가리고 논리를 정돈하고 손익을 계산하는 복잡한 마음.

멈칫거리게 되고 망설이게 되는 유불리를 따지는 마음.

지독한 근심과 관심으로 병이 되어 가는 마음.

그것으로부터의 독립이다. 떨어짐이다.

마음검진

오늘은 정기 건강검진을 받으러 가는 날이다.

꼭 이런 날엔 더 일찍 일어나게 된다.

새벽 5시에 일어나서 아무것도 먹지 말아야 한다는 것 때문에 위장을 비운 채 있다.

평소엔 억지로 먹으려 노력해도 까칠한 입맛에 잘 들어가지 않던 음식 생각이 간절하다.

어처구니가 없다.

강제적인 규율이나 법칙에 의해 하지 말아야 한다고 금제가 가해지면 습관도 무시한 채 하기 싫었던 것도 더 하고 싶어진다.

마음에 모가 난 것이라고 치부하기엔 무리가 있다.

하지 말자 그렇게 맘을 다잡을수록 못 견디게 저질러버리고 싶어지는 것은 금기를 싫어하는 본성과의 충돌일 것이다.

검진 시간을 기다리며 더디게 흘러가는 시간을 탓한다.

시간이 정지해 있는 것 같다.

몸 보다 마음검진이 필요한 시간이다.

6월을 시작하며

멈춘다는 것은 자신을 방관한다는 것과 같다.

호수가 잔잔하다고 부러워할 필요는 없다. 멈춘 것은 고민이 작은 대신에 현실을 타개해나갈 힘이 없다.

무기력하게 머물기를 원해 자기정체를 자초할 것인가, 두려움이 앞서도 거센 물결을 거슬러 오르려 거침없이 부딪쳐 자신을 단련시킬 것인가는 누구도 대신 고민해주고 행동해줄 수 없다.

오롯이 자신의 선택에 따라 결말은 달라진다.

뜨거운 태양만 원망하며 하늘에 먹구름이라도 저절로 생겨나 물을 주리라고 헛된 기대만 하고 있다가는 사막에서 갈증에 익사하고 만다.

불에 지지는 것 같은 고통을 참으며 열기가 발바닥을 침범해 심장까지 차오를 지라도 모래를 밟으며 앞으로 나가야 한다.

삶이란 저절로 목적한 바를 이뤄낼 수 없다. 격렬하게 움직여야만 한다.

살아남는 유일한 방법이자 고통에서 탈출할 수 있는 막강한 힘은 무조건 움직이는 것이다.

멈추면 온 몸이 평안을 찾을 것이다. 그러나 정신은 황폐해질 것이다.

희망 없는 평화는 고역과 타협을 일삼다 몸을 비대하게 만들고 게으른 나락으로 몰아넣을 뿐이다.

　6월이다. 6.10 민주화 항쟁이 있었고 6.25의 세계전쟁이 있었다.

　6.10 민주화 항쟁 때 가투(街鬪)에 나섰다 종로경찰서에 잡혀가 꼬박 하룻밤을 심문 받았었다.

　그러나 절대로 그 시간의 고역을 후회해 본적은 없다. 민주화라는 횃불에 나도 미력한 불씨를 지폈음에 자부심을 갖는다.

　6.25를 동족상잔의 비극이니 한반도라는 국지적 전쟁이니 하며 폄하하는 사람들이 있다.

　나는 6.25를 세계전쟁이라 부르고 싶다.

　세계적 이데올로기의 충돌전쟁이었으며 세계 각국이 참전한 명실상부한 세계대전이다.

　6.10이든, 6.25든 죽도록 움직였으므로 오늘날이 온 것이다.

　빠릿빠릿 하게 움직이는 6월을 만들자.

　살아가는 자, 격렬한 움직임의 항해에서 내려오지 못한다.

바람향기

두통이 가라앉지 않는 날이 계속된다.

아무렇지도 않은 것처럼 시간을 지내고 있지만 해야 할 일들에 대한 압박에서 자유로울 수가 없는 것이 사는 일이다.

피할 수 없으면 즐기자고 나 자신을 다독이고는 있지만 맘과 행동은 다르다.

수많은 계획을 세워야 하고 세부적인 지침을 만들어야 하고 실행이 되고 있는지 하나 하나 틈을 없애가야 하는 일들이 어느 것 한가지 수월하지가 않다.

수월하지 못해서 신경이 과도하게 쏠리고 쏠린 과민이 두통으로 이어지고 갑갑한 머리가 무겁다.

바람의 결을 느끼고 싶다.

손을 뻗으면 손가락 사이를 지나가는 바람에게도 자신만의 무늬가 있다는 것을 안다.

바람이 가지고 있는 자신만의 향기다.

바람이 향하는 곳으로 머릿결이 따라 움직이는 것처럼 가벼운 살랑임을 머릿속에 담아 두고 지겨운 두통일랑 바람에 실어 보내고 싶다.

바람이 가진 본연의 향기처럼 나에게도 나만의 향기가 있다.

은은해서 쉽게 맡아지지 않는, 없는 것 같지만 단연코 있는 바람향기처럼 짙어서 코를 자극하지 않는 나의 향기를 지키며 살고 싶다.

　그대여, 모두가 고단하다.
　기운 없이 축 처진 어깨를 그대로 두고만 있지 말자.
　바람향기는 가는 길을 따라 변한다.
　장미의 정원을 지나면 장미향기가 되고 숲을 지나면 상쾌한 푸른 향기가 된
다.

　그러나 바람은 자신만의 무채색 향기를 잃지 않는다.
　다만 변화를 즐기고 몸을 터 받아들일 뿐이다.
　바람은 절대 한 곳에 멈춰있지 않는다.
　멈출 수 없는 운명을 바람은 이동속도를 조절하며 즐긴다.
　그대여, 우리가 사는 것도 바람 같이 하자.

소망탑

돌과 돌이 포개진 곳 중에서도 가장 안전한 곳에 나의 돌을 올려놓는다.
떨어지지 말라고, 탈이 나지 말라고.
되도록이면 나의 소망은 안전한 곳에서 오래도록 지속되기를 바란다.

너무 높으면 추락할 수 있다.
너무 크면 무게를 견뎌내지 못하고 무너질 수 있다.
적당한 크기.
적절한 무게.
나의 소망은 그래야 한다.

많은 것을 원하면 하나도 이룰 수 없게 된다.
하나 아니 두 개.
그 정도면 서운하지도 넘치지도 않을 것이다.
간절한 갈구를 담아 소망탑을 쌓는다.

이뤄질 것이다.
이뤄져야 한다.
주문을 걸며 눈을 감고 소망탑에 합장한다.

공간

    토요일 오후 산적한 일 때문에 마음이 바빠서 무작정 대전의 집을 떠나 군포로 올라왔다.
    아무도 없는 사무실에 몸에서 나는 열을 제어하려 선풍기를 틀어놓고 토닥거리며 컴퓨터 자판기를 두드린다.

    실상 산란한 마음을 빼고 나면 해야 할 일은 많지도 않다.
    이런저런 것들 짜깁기 하고 고개를 주억거리며 읽어 보고 알아야 할 것과 놓치면 안 되는 것과 무심히 지나쳤던 것을 챙기는 것이 다.

    매일 지키며 앉아 있는 사무실의 공간인데도 혼자 앉아 있다는 것에는 묘한 한적함과 쓸쓸함이 공존한다.
    시끌벅적한 것도 싫지만 지나친 정적도 마뜩치 않다.
    이중적 공간에 대한 감상이다.

    이러다 어둠이 찾아오면 죽지 않기 위해서 한 순갈의 밥 알갱이를 우물거리며 삼키고 원룸으로 들어가게 될 것이다.
    평일의 원룸 생활이야 7년차이니 손바닥에 박힌 굳은살과 같이 식상하게 넘어가겠지만 토요일 저녁의 외로움은 자못 처량할 것 같다.

산다는 게 뭐 이리 엉성하다냐.

혼자 주절거리기도 하고 벽에 대고 눈싸움을 걸기도 하고 실없는 불면과 엎
칠락 뒤칠락 실랑이를 벌이다가 단단히 부은 눈을 비비고 일어나는 일이야 이
제 성가신 일도 아닌 일상이다.

나의 공간은 언제나 그렇듯 혼자서 채워 진다.

산다는 게 뭐 이리 코끝 찡하고 눈시울 붉어져야만 한 다냐.

통증을 이기는 법

가슴에 붉고 선명한 점이 하나 찍혀 있다. 언제 자리를 잡았는지 기억나지 않는 상처다.

지우려 할수록 색이 번져 주변을 더 강하게 물들인다.

사람들은 미련스럽게도 감내하지 않아도 되는 고통까지 스스로 만들어서 고역의 바다에 빠져든다.

조금만 더 너그럽게 마음을 내려놓아도 만들어지지 않을 고통을 순간을 참지 못하고 만들고 만다.

한 번 형체를 갖춰버린 고통은 스스로가 생명력을 갖기나 한 것처럼 영역을 넓히고 강도를 높여 결국엔 생성한 사람 그 자체를 삼켜버리기 일수다.

아프다고 아무리 발버둥치고 소리치고 빠져 나오려 해도 이미 피멍이 들어버린 것은 쉽게 씻겨지지 않는다.

그러나 어쩌랴.

치고 빠져 나갈 수 없으니 감내하든 고통의 근원을 찾아 다독이든 해야 할 판이다.

수많은 통증들을 안고 살아간다. 그래서 아플 때면 기댈 곳이 필요하고 쓴 약이 필요하다.

시간은 돌려 세운다고 돌아가지 않는다.

있었던 일은 반드시 있었던 일이다. 지워지지 않는다.

세상에, 시간에 의지하여 잊을 수 있는 일은 없다. 단지 희미하기를 바라는 것일 뿐이다.

그대여, 고통을 만들었다면 지금이라도 고통과 타협하자.

통증에 적응을 하며 살아갈 수는 있어도 근원의 통증을 방치하고 극복했다고 우기는 것은 자신을 속이는 일일 뿐이다.

냉탕에서 속 차리다

사우나에 가면 샤워기에 물을 뒤집어 쓰고 대부분의 사우나가 구비하고 있는 온탕과 이벤트탕 그리고 열탕에 차례대로 들어가 앉았다가 냉탕으로 들어간다. 이 과정만 세 번 반복하고 비누칠을 하고 샤워기에 비눗물을 씻어내고 나오는 것이 나의 사우나 이용 습성이다.

체력이 그다지 좋지 않아 30분 이상을 사우나에 있지는 못한다.

몸을 예열하다 냉탕에 들어가면 일시에 뜨거워졌던 내장까지 서늘해진다. 그 싸한 느낌이 좋다. 불쾌한 찌꺼기들이 확, 빠져나가는 것 같은 느낌. 실제로 그렇게 될 일은 만무하지만 가슴이 시원해지는 그 찰나의 순간에 중독되어 사우나를 다닌다.

냉탕에서 속을 차리는 것이다. 유쾌, 불쾌를 가려서 좋은 것만 받아들이고 살 수는 없는 세상이다. 그렇게 세상이 만만하지 않다.

유쾌한 일은 금세 지나가 버린다. 불쾌한 일은 지나갔다가도 다시 떠올라 더 열을 뻗치게 만든다. 반복이 불쾌의 속성인가 보다.

몸을 달구다 차가운 물 속에 뛰어들어 후련하게 식혀내는 것처럼 좋지 않은 감정들을 식힐 수 있는 곳이 나에겐 냉탕인 셈이다.

오늘도 냉탕에서 속을 차린다.

돌이키지 않아도 돼

많이 망설였지. 많은 시간을 양보도 했고 눈뜨고 눈감아 준 일도 허다해.

다 그렇게 살아간다고. 그렇게 살아야 잘 산다는 말에 나는 자의를 동원해 굴복하고 그런 삶들에 투항했던 거야

이제 벗을 옷이라고 할 필요도 없어.
맞춤처럼 딱 감긴 수트를 쓰레기통에 처박기엔 너무 아까운 거와 같아.

그냥 이대로 직진할 것.
멈춰도 망설임이 남을 거 같으면 곧바로 가던 길 가는 게 좋아.
헛된 후회대신 차라리 망한 나를 대면하고 절망하는 것이 인간다운 거야.

비난에 움츠러들지 말자.
날 비난할 수 있는 존재는 우주를 통틀어 유일하게 나뿐임을 알자.
다른 비난은 비난이 아니라 질투다.

돌이키지 않아도 돼. 나를 사랑한 것처럼 너를 치열하게 사랑한 순간이 지워 질 리 없으니 이대로 곧장 살던 대로 살자.

장대비

간 밤 내내 장대비가 내리는 소리를 들으며 눈을 감고 소리에 흠씬 취했다.
선 잠이 들었다 깨었다. 빗소리가 꿈소리가 아닌가 가끔 일어나 창문을 열었
다 닫으며 현실의 일임을 확인하기도 했다.

깜깜한 어둠을 가르며 흰 물방울들이 완벽하게 어둠마저 삼켜버리고 지면
을 향해 몸을 던지는 장대비의 장관 속으로 걸어 들어가 나도 땅의 일부가 되
어 빗소리 속에 있고 싶다는 꿈 속의 꿈을 꾸었다.

장마가 시작되었다. 마른 장마가 될 것이라는 걱정은 잠시 내려놓아도 될 것
같다. 예상은 빗나갈수록 통쾌함을 주기도 한다. 정해진 길로만 가야 하는 지루
함에서 벗어나는 것은 긴장감으로 자신을 조이면서 오는 쾌감을 즐겨보고 싶
기 때문이다.

토사가 무너져 내리고, 작은 하천이 범람을 하고, 빠져나가지 못한 물이 역류
를 하고 장대비의 부작용만을 나열할 필요는 없다. 마른 땅이 살아나고, 빈 저
수지가 차서 수초와 물고기들이 살맛 나고, 썩어가던 녹조가 씻겨나가고 최소
한의 생명활동만 하던 나무들에 물이 오르고 있지 않는가

장대비 소리에 취해 시들어버린 내 몸이 생명수를 끌어올린다.

가려움

팔을 최대한 구부려 등을 긁는다.
가려움이 등 가운데로 쏠리듯 도망친다.
닿을 수 없는 곳이 더 심하게 가렵다.

사는 것도 등 짝의 가려움처럼 시원하게 긁어지지 않는다.
　나의 아픔은 결국 나만의 아픔일 뿐 아픔을 완전하게 공유해 해소할 수는 없다. 남의 풍요를 시기하며 빼앗고 싶으면서도 정작 아픈 것들은 나눠 짊어지려 하지 않는 것이 인지상정 아니겠는가.

　원망할 필요도 없다. 기쁨은 나눌 수 있어도 고달픔은 분산시킬 수 없는 것이 삶의 법칙이다. 가렵다. 손이 닿지 못하는 곳이 최대의 근적거림이 자리를 굳건히 심은 곳이다.

　그래도 다행이다.
나무 막대기 만으로도 벅벅 손이 해결 못할 개운함을 만끽할 수 있어서.
막대기처럼 갈증을 풀어줄 사람을 갖고 싶다.
서로의 깊숙한 등을 긁어주며 상처 난 마음을 애무해줄 수 있는 그런 사람.

　그대의 나무 막대기는 누구인가요.

약속

수없이 많은 약속들 속에서 살고 있답니다.

시간이 정해진 약속, 시간을 정할 수 없는 약속, 반드시 지켜야 할 약속.

그냥 흘려 보내면서 기억하는 것으로도 지켜지는 약속.

그리고 또 다른 약속들.

약속들을 지키기 위해서 마음을 다잡기도 합니다. 어떤 행동들을 작위적으로 하기도 합니다. 하여간 생애에 약속들이 범람하고 있답니다.

상대가 있는 약속은 지켜내기 위해 안절부절 하지만 자신에게 한 약속에는 한없이 관대해져 버리는 게 다반사입니다. 자신에게든 다른 누구에게든 약속은 지켜져야 한다는 것엔 이론의 여지가 없지요. 약속이 어긋날 때 모든 부작용들이 생겨납니다. 일이 틀어지고, 마음이 엇나가고, 물질적 상실을 가져오고. 때로는 돌이키지 못할 상처로 돌아오기도 합니다.

오늘 나는 어떤 약속을 했을까요.

손짓, 눈짓으로도 누군가 알아채고 응했다면 그도 약속일 테지요.

말로 행해져야 하거나 문서로 작성해야만 약속이 되는 건 아닙니다.

그대는 어떤 약속들을 했나요.

지금 지키기 위한 어떤 마음을 단련하고 있나요.

길

　그 동안 지나왔던 길에 대해 참오 해 본다. 멀리 돌기도 했고 일부러 피하기도 했다. 때론 무작정 대차게 걷기도 했을 것이고 두드려 보면서 조심조심 발끝으로 걷기도 했다.

　길을 가지 않고 살아갈 수는 없다. 항상 길 위에 있었고 또 길 위에 있게 될 것이다. 지나온 길에선 후회도 하겠지만 나를 위로해주는 추억들도 많다는 것을 안다.

　지나갈 길은 아직 모르겠다. 어떤 상황이 어떤 모습으로 기다릴지 알 수 없음이다. 그러나 그 길이 아무리 구불거리고 질척거릴지라도 가지 않고는 살아가지 못한다는 현실을 외면하고 싶지 않다.

　길이 있기에 간다. 길을 벗어날 수 없기에 가야 한다.
　수많은 갈래길 중에 하나를 선택해야 하는 것이 운명이다.
　운명의 길을 누가 찾아 주겠는가.
　나의 길 위에 서서 나를 찾아 보도록 하자.

　누구에게도 의지하지 않고, 누구라도 탓하지 않고.

산과 구름의 경계

무겁다. 흐린 구름이 산을 짓누르고 있는 것처럼 보인다.

안개가 산 밑에서 산 등성이로 올라가서 구름과 몸을 합친다.

아래에서, 위에서 산을 뿌옇게 덮고 안고 있는 것인지, 에워싸고 있는 것인지.

움직이지 못하는 산은 멀거니 구름의 의도에 몸을 다 맡기고 있다.

때로 체념이란 것이 평안하게도 보인다.

애써 힘을 다해도 소멸되어버린 기운만큼만도 벗어나지 못할 때가 대부분이다.

그렇다고 훌훌 털고 달아날 수도 없다.

내려놓고 눈을 감으면 보지 못했던 것들이 보이듯이 낮은 산이 높은 산을 배경으로 두며 위안을 삼듯이 끓어오르는 걱정도 마음을 갉아먹는 걱정도 내려놓고 싶다.

산 속에서 수많은 생명들이 저마다의 영역을 가지고 제 몫의 삶만을 챙기며 살고 있을 것이다.

더 가지려 하지 않고, 필요 이상으로 남의 영역을 침범하지 않고.

나무는 저들만의 간격을 가지고 새들과 곤충들은 그 나무의 간격의 품에서 필요한 만큼만 살아가다 돌아가고는 할 것이다.

가벼워진다. 구름은 산을 누르고 있는 것이 아니라 산이 욕심부리지 않게 경계를 그어주고 있는 것인가 보다.

경계가 분명해지지 않으면 산이 스스로 구름을 만들어서 하늘로 올려 자신을 다독거리고 있는 것이 아닐까.

저 산 아래로 가서 한나절만 누워 있다 오고 싶다.

산의 마음에 길들여져 무거운 것들 다 쏟아내고 가벼운 마음으로 다시 시작하고 싶다.

빨간약

어릴 적 시골에서는 집집마다 빨간약이 있었다. 한마디로 만병통치약이었다. 베이고 터진 상처에는 당연하겠지만 머리가 아프면 이마에, 다리가 아프면 다리에, 팔이 아프면 팔에, 어디든지 여지없이 빨간약을 발랐드랬다.

상처에 바르면 소독이 되니 당연히 좀 더 빨리 아물 것이었지만 상처가 아닌 곳에도 바르는 것은 마음을 안정시키는 효과로 통증도 완화시키는 것이었다는 것을 지금은 안다.

마음에 상처가 난 사람들이 많아지는 요즘이다.

빡빡해지는 먹고 살기에 생이별을 하는 식구들, 이리 치이고 저리 치이면서도 여전히 실업자의 낙인을 가슴에 찍고 다니는 청년들, 사랑에 아파하면서도 결코 포기할 수 없는 사랑을 품은 연인들, 죽어야 할 시간이 지났는데도 죽지 못하고 연명치료의 덫에 걸린 목숨이 목숨 아닌 사람들

아파하는 모두에게 빨간약을 발라주고 싶다. 어디 금세 나아지겠냐 만은 다만 위로가 되어주길 바라면서 이마에 빨간약을 발라놓고 희번득하니 웃던 어린 시절을 떠올리며 비과학적인 것이 때로는 원초적인 치유가 될 수 있다는 것을 말해보고 싶다.

그대의 마음에 빨간약을 발라줘도 될까요.

이사의 속사정

폭염경보가 내린 날 사무실 이사를 강행했다.

정해진 날, 정해진 약속, 정해진 계약을 지켜야 하기에 어쩔 수 없는 선택이었다. 가만히 서 있기만 해도 줄줄 육수가 빠지는데도 이리저리 바삐 움직이려니 한마디로 환장할 일이었다.

폭염에 지쳐버렸는지 갑자기 서버린 엘리베이터 앞에서 속절없는 허탈함을 세 시간째나 버티다 겨우 다시 이사 짐이 날라지고 어수선한 사무실의 짐처럼 마음도 심란한 짐짝이었다.

이사는 단순히 자리를 옮기는 것이 아니다.

물리적 거리뿐만이 아니라 정까지 두고 와야 한다.

오랜 시간 드나들었던 장소와 많은 사연과 시간들과의 결별이다.

짐을 정리하면서 지나왔던 시간들도 함께 정리한다.

꺼내도 꺼내도 자꾸 나오는 물건들을 보면서 함부로 정은 정리할 수 없다는 것을 깨닫는다. 떼어났다고 생각되어도 이처럼 질기게 따라오니 말이다.

며칠 더 정리의 시간을 가져야 할 일이다.

이사는 마음까지 정리가 되어야 완전해질 것이므로…….

뱃살

태풍이 지나가고 있는 이른 아침, 잔비를 뿌리며 바람은 존재감을 남기려는 듯 힘차게 불어온다. 차를 몰며 우연히 한 손을 내려 배를 만지작거린다.

본래 내 것이 아니었고 아니었으면 싶은 것이 뭉툭하게 만져진다.

본래 배의 살이었지만 사이 'ㅅ'이 붙어서 짧아진 고유명사.

말의 길이가 짧아지고 거슬릴 정도로 언어들이 축약되어 통용되는 요즈음 이지만 유쾌하게 받아들이기엔 고개가 가로저어지는 뱃살.

그러나 달리 생각해보면 내 삶의 이력이 붙은 뱃살이다. 시간의 흔적을 고스란히 덧붙이며 살아온 만큼, 살아갈 만큼 그 두께의 영역을 넓혀갈 것이다.

아무리 거부해도 어쩌랴, 원래 주인에게 달라붙어 더부살이를 시작해놓고도 주인처럼 행세를 하고 있는 것을.

태풍이 쓸고 지나가고 나서면 청량해지는 대기처럼 내 몸의 오염원도 일거에 쓸어버릴 수 있다면 좋겠지만 결코 그리 될 수 없다는 것을 알지 않는가.

두툼해진 살 더미를 주물럭거리던 손을 떼어 운전대 위에 다시 올려놓는다.

내 삶의 동행자로 받아들이는 것이다.

나는 아빠다

불리면 애잔하고 눈물 나는 이름
들을수록 새록새록 각인되는 이름
나는 아빠다

모든 이름들을 다 잃어버려도
지켜내야 하는 복스런 이름
아빠다 나는

아장아장 품 안에 뛰어들 때
그때 시간이 멈춰버렸으면 하고
서운해 할 때가 많지만

'나는 내 인생이 있다'며
시건방진 자아를 선언할 때는
통한의 눈물도 흘리지만

언제든 어느 때든
그래도 나는 아빠어야 한다
아빠라 불려야 한다

비바람도 처절한 땡볕도

매서운 찬 바닥도

온 몸으로 막고

가슴으로 녹여내야만 지켜낼 수 있는

자격이 주어지는 이름

누구도 주지 않는 이름

천만금으로도 살 수 없는 이름

딸들아 나는 영원불멸의 사랑만 가진

아빠다

옥잠화에게

작열하는 건 태양만이 아니다.

비열처리를 한 맥주를 마시며 개운해 하듯 나는 내리쬐는 태양 아래서 개운
함을 느낀다.

태양 아래서 내가 작열하는 것이다.

받아들이고 누릴 때 스스로가 자가발전으로 작열하는 것이다.

나는 그렇게 믿는다.

옥잠화가 그늘을 부러워하지 않고 자가작열 중이다.

아무것도 지켜줄 수 있다고 자신하는 것은 없다.

살아감의 보호장치가 없이 스스로를 지켜야 하는 것처럼 맞서야 할 순간에
대차야 내가 산다.

저항할 용기가 있다는 것이 용서다.

용서는 용기가 없이는 발현될 수 없다.

지치고 넘어져도 나를 배척할 수 없다.

나는 나를 무너뜨려서는 안 된다.

쓰러졌다 다시 일어날 용기를 내기 위해서라도 내가 나를 용서할 줄 알아야
한다.

불행은 언제나 나로부터 시작된다.

나 아닌 다른 곳에서 불씨가 지펴지더라도 결국은 그 불씨를 내가 키워내는 것이다.

훅훅 숨을 불어넣어 불씨를 키울 것인가, 더 세차게 불어 불씨를 날려버릴 것인가의 선택은 언제고 나다.

그래서 그대와 나는 항상 동일한 선에 있다.

그대의 표정과 언변이 내가 가는 길에 지표가 될 수 있듯 나도 그대가 가는 길에 반석이 될 수 있다.

우리가 함께 가는 길이 녹녹하지 않더라도 마주잡은 손가락의 깍지를 더 단단히 하자.

때로 눈물 나도록 아플 수도 있겠지.

죽도록 아픈 통증이 우리를 도발할 수도 있을 거야.

그래도 우리가 해야 할 유일한 일은 전진이다.

옥잠화가 태양을 이고 어떤 보호장비도 없이 당당하게 꽃을 피울 수 있는 것은 제 자신을 믿는 힘이 닥쳐온 역경보다 강하기 때문이다.

역경은 이겨내라고 찾아오는 것이다.

꺾여 넘어져 일어나지 못하면 역경은 제 자신의 의무를 다하지 못하는 것이다.

힘차게 일어나도록 만드는 것이 역경임을 잊어서는 안 된다.

지는 것은 우리의 권리를 우리가 포기하는 것이란 걸 알아야 한다.

꽃대가 희미하게 보일지라도 꽃이 피지 않는 것은 아니다.
희미한 움직임이 거대한 울부짖음이 되어 자가증식이 이루어지는 것이다.
너와 내가 그럴 것이다. 무너뜨리지 말자.
우리는 우리가 우리를 이겨내야 한다.

보고 싶다. 그대와 내가 전진해 도달한 그 곳을.
우리가 지나간 길에는 결코 호사스런 기억은 없을지도 모르겠다.
다만, 다하지 못한 아쉬움이 있겠지만 힘들여 달려온 길을 되돌아 갈 필요는
없다. 또 전속력으로 가야 할 질주의 길이 있을 따름이다.

나는 지금 자가작열 중이다.
몸 속에서 뜨거운 열기가 올라오고 숨이 헐떡거리도록 부들부들 몸을 떨며
나의 꽃대를 밀어 올리고 있다.

추억을 짚다

가까이 왔다 싶은 순간 더 아련해지지요.

십 년, 이십 년 내가 가고 있는 시간의 역행을 나 조차도 모르게 후딱 갔다가 금세 돌아오게 되거든요.

아련하다는 게 이런걸 거예요.

잡히다 말고 잡혔다 떨어지고 절대 내 것이 아니었을 것 같은데 나와는 무관 하지 않은, 추억을 짚어 봅니다.

지나간 시간을 돌이키고자 하는 것이 아니지요.

추억은 그저 돌아볼 수 있다는 것으로 충분히 의미가 있지요.

얻는 것이라곤 아쉬움일 수도 있고, 가슴 치는 후회일수도 있고 돌아가고 싶을 때도 있겠지요.

절대로 돌아갈 수 없다는 걸 알면서도.

오늘 나는 내일의 추억을 짚어봅니다.

돌아가는 추억이 아니라 다가갈 추억을 미리 만드는 것, 아무도 추억을 미래라고 말하지 않을 때 나는 추억도 미래라고 말해 봅니다.

추억이란 돌이키는 것이 아니라 추월할 수 있다는 되바라진 생각을 해봅니다.

역의 역은 정이 되듯이 돌이키고 돌이키면 결국 원래의 자리가 되지만 한 걸음 더 나아가서 다시 한번 돌이켜 앞으로 밀고 나갈 수도 있을 테지요.

추억은 과거여야 한다는 관념을 벗어봅니다.

오늘 나는 미래를 추억해봅니다.

그 때 그럴 수 있도록, 그 때 회상하며 후회하지 않도록 미래를 추억하는 것은 희망의 깊이를 짚는 걸 테니까요.

괴물

천만 관객을 동원했던 영화 괴물은 당시에 쇼크였다. 괴물은 자연상태로는 사실상 나타나기 어렵다. 지금도 회자되지만 밝혀지지 않는 빅풋 이라거나 백두산 천지의 괴생명체 라거나 이들의 정체는 수많은 목격담에도 불구하고 드러난 실체는 없다. 용이나 이무기도 귀신처럼 모호한 존재일 뿐이다.

그러나 인간의 욕심에 의해서 유전자가 변형되어 탄생하는 괴물은 실제로 존재할 수 있을 것이다. 유전자 조작으로 만들어져 수확량이 많은 옥수수도, 콩도, 밀도, 씨 없는 수박도, 포도도 결론적으로는 인간이 조작한 괴물이라고 할 수 있다.

메르스가 전국을 강타하고 있다. 국가를 넘어 세계의 주목을 끈다. 관계당국은 연일 확산되고 있는 이 괴물의 뒤치다꺼리만 하고 있고 사람들은 일률적으로 마스크를 쓰고 거리를 활보 한다. 눈으로 볼 수 있는 괴물보다 보이지 않지만 사람과 사람의 접촉마저 두렵게 만드는 병원균이 더 무섭다.

보이는 공포는 대응이 쉬울 수 있다. 하지만 보이지 않으면서 주변에 존재하며 언제든지 나를 먹어 삼킬 수 있다고 생각되는 공포는 심리적으로 더한 압박이 지속되어 두려움을 이심전심으로 전하게 한다.
그러나 분명한 것은 아무리 크고 공포스런 괴물일지라도 그 괴물을 소멸시키고 이겨내는 세상에서 유일무이하게 강력한 괴물은 인간이다.

오는 것, 가는 것

오후 네 시가 넘으면 조금은 한가해지는 게 좋습니다.

이 시간 이후에는 창 밖을 내다보는 시간이 많아집니다.

1호선 당정역이 지척이라 철로를 따라 수시로 오가는 전동차의 소란스런 모습도 보이고 작은 정자가 있는 쉼터 화단에 실서라곤 찾아볼 수 없도록 이리저리 제 맘대로 크고 있는 풀잎들과 이름이 헷갈리는 작은 꽃들.

그리고 금방, 금방 키를 밀어 올리는 개망초꽃들, 게다가 사람들이 피우다 던져버린 담배꽁초들까지도 창 밖으로 내다보입니다.

턱을 괴고 나무 끝을 보면 나뭇잎들이 따가운 햇살을 견뎌내다 나른하게 얼굴을 접고 아래를 향해 늘어져 있습니다.

나뭇잎은 해가 떠오르는 새벽녘엔 온 얼굴을 다 펴고 햇살을 품으려 해를 향해 고개를 들이밀지만 불타는 듯한 햇볕이 시작되면 생존을 위한 최소한의 면적만 남기고 얼굴을 사립니다.

해질녘이 오면 다시는 만나지 못할 것처럼 다급하게 다시 온 얼굴을 열어젖히고 해가 지는 방향을 향해 열망의 고갯짓을 합니다.

올 때는 무척 반갑습니다.

줘야 할 것, 안 주어도 되는 것 죄다 털어주게 됩니다.

마치 주는 것이 지상 최고의 의무처럼 말이지요.

그러나 곁에 있는 시간이 많아지면 귀찮아지고 시들해집니다.

한결같은 마음이란 사전에나 있는 죽은 언어가 되어버립니다.

옆에 있는 존재가 사람이든, 사물이든, 뭐든지 간에 평범해 지고 소원해집니다.

그러다 떠나버릴 때가 되면 올 때와 같은 심정으로 돌아가 절박해집니다.

오고 가는 것이 같아집니다.

함께 할 때가 가장 소중한 시간이란 것을 왜 망각하는 걸까요.

오는 것, 가는 것

오늘 일, 가는 일

그 중간에 함께 하는 것에 대하여 반성해 봅니다.

제3부
사랑할수록 멀어지는 가을

선물

그대여.
오늘도 선물 같은 날이다.
시간을 쫓아가지 마라.
지금이란 시간을 즐겨라.
다시는 받을 수 없고,
두 번을 가질 수 없는
가장 소중한 선물이 지금
그대를 찾아와 있다.

낮아서 더 낮아도 좋을 곳에 있고 싶다
종달리에서 1

종달초등학교의 순한 교정이 고요한 종달리 입구의 시작 지점으로부터 벌써 나는 고즈넉해 진다.

일부러 느려지기 위해 애쓸 필요도 없이 저절로 발걸음이 젖어 든다.

시간이 멈춘 듯 드문드문 바람이 멈췄다 분리되는 돌담 아래엔 이름을 알 수 없는 샛노란 꽃이 흔들리며 어디에 있든, 무엇을 하며 살든 그 자체가 너라고 말해주는 듯 하다.

느슨한 변명 짓을 해대며 살아온 나를 뒷걸음치게 만든다. 걸음걸이라고 모두 앞을 향할 필요는 없다. 때로는 옆 걸음이 이유가 있고 어쩔 땐 뒷걸음질도 의미가 있다. 종달리 골목길에 들어서며 앞뒤좌우로 흔들리며 걷는 듯 마는 듯 최대한 느리게 나를 이동해 본다.

산다는 일에 이유와 의미를 부여하려 필사의 헛짓을 하며 시간과 대치했던 나를 방치하고 싶어진다. 낮아서 더 낮아도 좋을 집들이 듬성듬성 이어져 있는 종달리 골목 한 모퉁이에서 눈이 개운해지고 마음이 해방된다.

여기서 살아보고 싶다. 질긴 사욕들 다 벗겨내고, 질린 삶의 고리들 다 끊어내고, 낮아도 또 낮아져 갈 수 있는 종달리에 살고 싶다.

그리움이 그리움이 아니게 되는 곳에 있고 싶다
종달리에서 2

종달리의 골목길을 걷다 보면 시간이 흐르지 않는 것처럼 여겨진다.

말없음이 말없음이 되지 않고 바람이 귓바퀴에 헝클어진 짐을 내려놓으라고 속삭인다.

멈춰버린 괘종시계처럼 잔잔하게 골목 어귀에 서서 살아감의 째깍 임을 잊어본다.

섣불리 살이의 곤욕스러움을 입 밖으로 내밀지 않아도 좁은 골목길이 포근하게 안아준다.

그리움이 그리움 그 자체가 되어 골목골목을 돌고 도는 곳.

그리움이 그리움이 아니게 되는 종달리에서 살아보고 싶다.

아무리 느려도 느리지 않게 되는 종달리에서 누구라도 기대어 쉴 수 있는 돌담이라도 되고 싶다.

나즈막히 詩 한 줄 읊조리며 나만의 웅얼거림이 낯설지 않는 종달리에서 낡은 문패라도 되고 싶다.

바람 부는 날

바람은 언제나 불고 있다.

다만 느낄 수 있느냐 느끼지 못할 정도로 약한 상태이냐의 세기가 와 닿는 차이다.

몸은 바람을 느끼고 있으나 자극적이지 않아서, 뇌가 정작 무시하고 있어서 바람이 불지 않는다고 생각을 멈춰버리면 바람은 없는 것이 된다.

단풍잎 한 장이 미끄러운 철판 위에서 아슬아슬하게 버티고 앉아 있다.

미묘한 바람과의 대치 상태가 긴장감을 팽팽하게 유지하는 모습을 보면서 숨이 막힌다.

원하는 날만이 지속될 수 없음을 안다.

비바람이 거센 날도 그 때뿐이다.

평온함 속에서만 머물기를 바랄 수는 없다.

세차게 흔들리면서 사는 날이 길어지길 원하는 사람은 단 하나도 없다.

바람이 센 날엔 옷깃을 여며 맞서고 바람이 잦아드는 날엔 가슴을 곧게 펴고 살아가듯이 마음 속에도 똑같은 바람이 불었다 잦아들었다 한다.

단지 살기 위해서는 이겨가며 살아야 하는 숙명을 저마다 타고 났으니 돌아설 수가 없다.

돌아서는 순간, 바람도 내 주변을 떠나버릴지 모른다.

흔들 필요도 없는 존재에게 불필요한 정력을 낭비해 단련시킬 이유가 없어지기 때문이다.

바람이 분다.

바람을 맞는다.

바람 앞에 선다.

단풍잎 한 장의 의지처럼 있고 싶은 곳에 있어야겠다.

지켜내야 할 것들을 지켜야겠다.

합장

불교 신자가 아니어도 쉽게 하고 보는 것이 합장인데요.

사람의 본성이 소원을 빌거나 축원을 하거나 기원을 하게 되면 무의식적으로 두 손을 모으게 되나 봅니다.

우리의 어머니들이 장독대에 혹은 부엌의 부뚜막에 새벽 정화수를 한 사발 올려놓고 치성을 드릴 때에도 자연스럽게 두 손을 모으는 것을 보고 자라왔습니다.

불경 한 줄 읽은 적이 없고, 어쩌면 절 한 번 재대로 다녀오지 못했는데도 두 눈을 지그시 감고 입술 사이로 나즈막히 웅얼이던 소리들은 아직도 귓바퀴를 돌고 있습니다.

낮은 사람들의 낮은 축원이 더 울림이 깊기 때문에 가슴에 오래도록 아로새겨지는 이유일 겁니다.

요즈음 종종 합장할 일이 많아졌습니다.

둥근 보름달을 보면서도 나도 모르게 합장을 합니다.

절간을 지나갈 때마다 머리가 조아려지고 손이 반응을 합니다.

거창한 것을 이뤄달라는 소원을 비는 것도 아닙니다.

그냥 의식의 바탕에서 마음을 낮춰라, 고개를 숙이며 살아라 주문을 외우는 것입니다.

함께 하는 모든 이들이여!

하고 있는 모든 일들이여!

지켜내고 싶은 이여!

모두 안녕하여라.

나로 인해 아파하지 말고, 아플 일 만들지 말고 신간 안온하게 평화로워라.

합장이 잦은 이유입니다.

큰 것을 달라고 비는 것은 나에 대한 학대일 겁니다.

되지도 않을 헛된 마음을 품고 이뤄지길 빈다면 스스로 허망에 잡혀 애간장 타는 일이니까요.

합장은 가장 작은 소망들을 확인하는 나에 대한 의식입니다.

시간이 익어가는 장독대

고추장, 된장, 간장이 숨을 쉬고 있다.

오래 숙성될수록 맛이 진해진다.

그렇다고 오래된 것이 다 맛이 진한 것은 아니다.

자칫 오래된다는 것은 썩는다는 것이 되기도 한다.

함께 한 환경이 중요한 이유다.

장독은 외부와 소통을 하며 숨을 쉬기 때문에 내용물을 썩히지 않고 숙성시키는 것이다.

사람도 장처럼 오래 묵은 관계가 진한 여운이 있다.

함께 한 사람을 돋보이도록 받쳐주고 같이 조화를 이루기 위해 힘을 다하기 때문이다.

장독 같은 사람, 그런 사람이 되고 싶다.

시간이 익어가는 장독대를 묵묵히 지켜보면서 마음이 편해진다.

수많은 시간들이 저 장광에 들어가 들숨 날숨을 함께하며 맛있게 관계를 익히고 있을 것이다.

지금 나와 함께 시간을 공유하는 누구라도 장광처럼 서로의 숨결을 통하게 해서 은혜로운 섞임이 되게 하소서!

가만히 두 손을 남들이 보지 못하도록 모았다 뗀다.

우리의 할머니, 어머니들은 장독대에서 새벽 치성을 드렸다.

정화수 한 사발 떠다 장독대 위에 올려놓고 두 손바닥을 궁굴리며 '비나이다 비나이다' 집 떠나가 있는 자식의 안부를 빌었고 날이면 날마다 술에 취해 꼬장이나 부리던 지아비의 건강을 빌었다.

장독대는 할머니, 어머니들의 시간이 묵혀져 있는 삶의 지린내 물씬 나는 장소다.

멀리서 장독이 서 있는 풍경만 봐도 마음이 푹 내려앉는다.

장독대 앞에 다가가서 엉덩이 걸치고 한시름 쉬어가고 싶어진다.

장독 속에는 고추장, 된장, 간장만이 익어가고 있는 것이 아니다.

고달픈 삶의 사연들도, 그립고 보고 싶은 사람들의 안부도, 오래오래 살아왔고 살아야 할 사람들의 지친 시간도 어우러져 함께 보듬고 익어가고 있는 것이다.

생각 중

생각중인 일들이 많아졌다.

가을이 사색의 계절이긴 하지만 본래 생각만 하는 것보다는 바로 행동에 옮기는 것을 더 좋아하는 본성이 요사이 느슨해진 것인지, 신중해진 것인지.

나로서도 알 수 없게 그지 생각을 하는 현재 답보상태로 머물러 있는 시간이 길어지고 있다.

생각은 사고의 폭을 넓히고 연관된 생각들을 잇고 엮어서 새로운 행동의 실마리를 창의적으로 만들어 낼 수 있다는 데에는 더할 나위 없이 좋은 습관이기는 하다.

그러나 생각이 생각으로만 멈춰 있게 되면 아무짝에도 쓸모가 없어진다.

생각을 다듬어서 체계화 시키고 이론을 창출해 내고 이론을 구체화시켜 행동함으로써 의도한 혹은 의도되지 않았지만 의외의 결과물을 창신 해 내야만이 최선이다.

오늘날과 같은 빠른 변혁의 시기에는 좋은 사상가 보다는 적극적인 실천자가 필요하다.

옳고 바른 사상은 이미 수없이 많은 사람들이 이루어 놓았다.

더 이상 새로운 것을 창의해낼 수 없을 정도다.

이미 세상에 내놓아진 사상을 받아들이고 완벽히 구현하기에도 벅찬 게 현실이다.

그런데 오늘도 나는 생각 중이다.

찬바람이 불어서 어떤 옷을 입어야 할까 생각 중이고 저녁부터 비가 오고 날씨가 더 쌀쌀해진다는 일기예보를 보면서 내일은 누구와 함께 호젓하게 따뜻한 국물이 있는 점심을 먹을까 생각 중이다.

하지 않아도 될 이런 생각을 하면서 시간을 뭉개고 있다.

두렵기 때문이다.

어떤 행동이 나에게 돌려줄 결과물이 원하지 않는 것들이 아니기만을 바라며 선뜻 걸음을 내딛지 못한다.

가을은 결실을 맺어야 하는 계절이라 더 새로운 일을 벌이는데 머뭇거려지는 까닭이다.

영감

얻으려 할수록 잡히지 않는 것이 영감이다.

영감은 문득 오는 속성을 기본으로 하기 때문이다.

그렇다고 아무런 노력도 하지 않는 사람에게 오는 것은 결코 아니다.

필요로 하고 간절히 원하는 사람에게만 결정적 영감이 찾아온다.

모든 일에는 자신만의 영감이 필요하다.

영감 없이 행해지는 일들은 시작부터 체계적이지 못하고 결말도 미진하게 된다.

영감이라고 들이대 놓으니 대단한 영적인 연결을 말하는 것으로 오해할지도 모르겠다.

지금 내가 이야기 하고 싶은 영감은 느낌보다는 강해서 행해야 할 일에 대한 계획적 떠오름이다.

모든 사물도 마찬가지지만 언어나 단어에 대한 정의도 완전하게 굳어져 있다고 생각하지 않는다.

쓰는 사람에 따라서, 쓰임을 당함에 따라서 어떤 것이든 정의는 새로워질 수 있는 것이다.

나는 그렇게 자유롭게 정의를 내 나름대로 내리는 편이다.

정해져 버렸다고 바꿀 수 없다고 생각하며 꼭 거기에 적응해야 하고 그렇게 밖에는 사용할 수 없다고 한다면 얼마나 답답하고 무미건조해 지는가.

영감은 자유로움에서 출발한다.

의도적으로, 정해진 틀 안에서는 결코 번뜩이는 영감을 얻을 수 없다.

영혼이 자유로운 사람이 톡톡 튀듯이 영감은 방임된 상태를 좋아한다.

나는 의식과 몸의 구속을 달가워하지 않는다.

나의 의식과 몸은 항상 해방된 상태로 존재할 수 있도록 방치한다.

방치는 새로움을 만들고 특별한 영감을 준다.

영감은 창조다.

일에 대한 계획을 창조하고 일의 결말을 깔끔하게 다듬는다.

새롭게 내 의식을 일깨우고 내 가치를 우일신 시킨다.

어제도, 오늘도, 내일도, 지나왔던 시간들에서도, 지금도, 앞으로 맞이할 시간들에서도 나는 나의 영감을 찾으며 살 것이다.

영감 찾기를 멈출 수 없는 것은 끊임없이 나를 변화시키기 위한 나에 대한 극진한 예우이기 때문이다.

낙안읍성에서

하늘이 높은 가을 오후 낙안읍성을 찾아갔다.

구름은 푸른 하늘에 산맥처럼 멀리 둘러 서 있고 따가운 햇살과 함께 서늘한 바람이 어울려내는 가을 오후의 고즈넉함에 얼굴이 따갑게 타지만 성곽을 따라 무작정 걸으며 누런 벼들이 고갤 숙이고 있는 성밖의 풍경과 초가들이 즐비한 성안의 풍경을 두 눈 가득 담았다.

연휴라 수많은 인파들이 어딜 가나 부딪치며 다니지만 서로의 길을 터주며 길을 넓게 쓸 수 있도록 배려하는 마음들이 보인다. 나도 마주 오는 사람들의 눈동자의 방향을 읽어내며 한 쪽으로 길을 만들어 준다. 열린 길의 공간으로 바람이 지나가고 가을이 들어찬다.

읍성의 내부가 성만이 간직할 가을 하늘을 담아내고 있다. 초가 위에 박들이 한가로이 익어가고 붉은 감은 감 잎이 없는 가지에 대롱거리며 하늘을 품고 있다. 낙안읍성 성루에 앉아 떠 안고 왔던 시름들을 되짚어 보며 어떤 결정도 내릴 수 없다고 결론을 낸다.

가을은 결실의 계절이지만 고달픈 삶의 순간들에 대한 결정을 내려야 할 시간은 아니다. 생각하고 참오하고 되새기면서 미래를 위한 현재를 반성해야 하는 계절이다.

방향

시선이 가는 쪽으로 가고 싶은데 실제로는 눈이 바라보는 곳과 눈 사이에 장애물들이 널려있어 똑바로 갈 수가 없다.

대부분은 그래도 가 보려고 시도하고 열심히 실행을 한다.
장벽들을 넘고 진창을 건너고 목적지에 도달하는 경우가 많은 것은 고난 극복의지가 강하기 때문이다.

그러나 모두가 그런 것은 아니다.
오히려 더 많은 경우가 가다가 막혀 방향을 잃고 전혀 다른 곳으로 가거나 아예 더 나아가지도 못하기도 한다.

방향은 지키고 싶고 하고 싶은 의욕이다.
방향은 그러나 완벽히 정복할 수 없다.
엇갈린 방향을 바라보게 되면 영원히 엇나가게 된다.
다시는 같은 길 위에 설 수 없다.

아침을 걸고 앉아서

부스스한 눈을 비비고 아침을 맞으러 나왔다. 뒤척이다 일어나고 서걱이다 잠이 깨고 요사이 다시 시작된 불면은 쉽게 나를 놓아줄 것 같지 않다.

벗어니려 애태우다 속만 더 시컴해졌다. 이제 공생하기로 한다.
같이 손잡고 지내다 보면 저도, 나도 많이 친해지겠지, 익숙해지겠지.
꼭 잠을 대여섯 시간씩 자야 잘 사는 건 아닐 것이야.
한 두 시간이라도 나에게 충분한 봉사를 해주면 되는 거겠지.

뜻밖에도 아침 공기가 잠보다 더 기분을 위로해 준다. 덮어쓴 침구를 걷어차고 나오길 잘한 거다. 산책로 벤치를 혼자 차지 하고 앉아서 아침을 걸터 앉아 있으려니 여유란 놈이 이런 놈이었구나 흐뭇해 진다.

조급해 하지 않고 나를 다그치지 않고 찬찬히 살아봐야겠다. 서둘러서 제대로 된 것이 없었다. 천천히 해도 될 일은 될 것이고 절대 안될 일은 아무리 빨리 해도 안될 것이다.

아침 하늘을 고개 쳐들어 본다. 낮아서 편안하다. 하늘도 아침엔 편히 쉬고 싶어서 저리 낮게 내려 온다. 나도 편한 맘으로 아침 한 켠 걸고 낮아진다.

벗을 수 없는 짐

"너는 쓰레기 분리수거 한 번이라도 제대로 했어? 설거지, 방 청소 몇 번이나 해봤어? 내가 니 엄마야?"

"나도 할만큼 했다. 뭐~"

추석날 아침에 방에서 들려오는 딸들의 언쟁을 밖에서 들었다.

'저러다 말겠지. 설마 할머니 집까지 와서 큰 싸움이야 하겠나.' 하고 아버지 산소가 있는 순창으로 갈 준비를 했다.

전전날 딸들이 살고 있는 서초동으로 가서 밤에 대전의 집으로 가는 데만 네 시간 반, 그리고 어제 대전에서 정읍까지 평상시 한 시간 반이면 충분한 거리를 세시간 반이 걸려서 왔다.

명절이라 오랜만에 아내와 두 딸 그리고 나 이렇게 네 식구 모여서 멀리는 아니지만 가까운데 여행도 할 요량으로 고생스러워도 한자리에 모인다는 생각에 고생이 아니라고 자위가 되었더랬다.

그런데 사단이 나고 만 것이다.

서초동 자취방에서부터 내려올 때 분위기가 냉랭하던 큰 아이와 작은 아이가 결국 이틀 만에 폭발하고 만 것이다.

원룸에서 함께 자취를 하며 대학교를 다녀야 하기 때문에 서로 양보하고 조금만 할 일을 먼저 하면 아주 사소한 방 청소 문제로 심하게 다툴 일이 아니겠지만 이제 다 컸다고 생각하며 자기 뜻을 굽히지 않는 배려부족이 만들어낸 사단이다.

"너네들 이럴 거야. 어른들 다 있는데 무슨 짓이야?"

아내의 호통소리가 들리고 갑자기 분에 못이긴 큰 아이가 가방을 둘러메고 집을 나가버렸다.

순식간에 벌어진 일이라 어안이 벙벙했지만 '지가 나가면 어딜 가겠어. 화가 누그러지면 들어오겠지.' 하는 마음에 아내와 나는 일단 아버지 산소에 다녀오기로 했다.

기분이 좋지는 않았지만 그렇다고 성묘를 포기할 수는 없는 일이었다.

정읍에서 순창으로 가는 내내 아내는 큰아이에게 전화를 걸고 문자를 보냈지만 큰 아이는 답이 없다.

'설마 서울로 가버린 것은 아니겠지. 순창 갔다 오면 들어와 있을 거야.' 하면서 서로를 안심시키며 정신 없이 성묘를 마치고 돌아와 보니 큰 아이가 서울 가는 버스를 타고 갔단다.

걱정보다는 화가 먼저 났다.

'오냐 오냐 하면서 애지중지 키웠더니 버릇을 못 가르쳤구나.'

'다 잘 못 키운 내 잘못이지.'

그런데 어쩔 수 없는 부모의 마음이다. 시간이 지날수록 걱정이 밀려왔다.

'무사히 잘 가고 있겠지. 밥은 챙겨 먹었을려나.'

연휴 마지막 날 늦은 오후 작은 아이를 태우고 서초동 자취방에 도착해 보니 큰아이가 방에 없다.

'이 놈이 아빠 온다고 혼날까 봐서 자리를 피했나. 나중에 만나면 따끔하게 야단을 내야지.' 생각하며 방에 필요한 물품들을 사서 넣어주고 내 직장이 있는 군포로 가려고 차에 올랐을 때 차를 향해 큰아이가 막 달려오는 게 보인다.

보자마자 엉엉 서럽게 운다.

"나, 나갔는데도 바로 왜 나를 안 찾은 거야. 나 얼마나 무서웠다고."

딸의 대성통곡을 듣자마자 그 때까지 품었던 미운 맘이 왈칵 사라져버리고 가슴이 찡해진다.

뭐든 용서하지 못할 것이 없어진다.

차에서 내려 품에 품으면서 괜찮다고 울지 마라고 밥은 잘 챙겨먹고 있었냐고 어디 갔다 오는 거냐고 등을 토닥거릴 수 밖에 없었다.

어찌할 것인가. 가족은 좋을 때는 물론 행복한 관계지만 싫다고 벗어버릴 수 있는 짐이 아니다.

평생을 가장인 내가 아름답게 짊어지고 가야 하는 벗겨낼 수 없는 짐이다.

추석의 계획들이 엉망이 되어버리긴 했지만 계획이야 다시 세워서 진행하면 되는 것이고 결코 뗄래야 뗄 수 없는 가족의 마음들을 재확인 하는 추석이었다.

가을 속으로

한참을 길에서 서성였습니다.

마땅히 목적지가 있는 것도 아니어서 어슬렁거리다 길 밖으로 밀어내는 바람에게 쫓겨 작은 공원 벤치에 앉았습니다.

낮고 서늘해진 바람이 무릎을 두드리며 미련은 이제 내려 놓으라 합니다.

세상일이란 게 안될 일도 없지만 또 막상 다 되는 일도 없답니다.

오늘 미처 이뤄내지 못했다고 영원히 이뤄지지 않는 것도 아니니 낙심하지 말라고 합니다.

벤치 주변을 길고양이가 거리를 배회하던 나처럼 어슬렁거리며 움직임도 없이 가만히 앉아만 있는 내 눈치를 봅니다.

저에게 해코지는 하지 않는다고 생각했을까요.

발 밑 쪽으로 기어들어와 벤치 아래에 웅크리고 앉습니다.

본래 길고양이의 자리였나 봅니다.

주인이 왔음에도 비켜주지 않는 못된 손님을 당연히 경계했겠더군요.

나와 고양이의 같은 공간에 대한 침묵의 점유가 부담스러워서 엉덩이를 털고 일어났습니다.

동그랗게 눈을 뜨고 올려다보고 있는 고양이에게 살짝 눈인사를 해주고 공원을 빠져 나와 다시 길 위로 발걸음을 올려놓았습니다.

착잡하거나 허전해지거든 이렇게 한 순간이라도 몸을 이완시켜 놓고 마음도 방치해 볼만 합니다.

밀려났던 길에 다시 들어설 때는 없어졌던 여유를 찾아 들고 갈 수 있을 것 같습니다.

가을 속으로 들어갑니다.

기왕 들어갈 거면 아주 깊이 들어가 보겠습니다.

아파해야 할 일이 있으면 마음껏 아파하고 눈물 흘려야 할 일이 있으면 엉엉 울어버리겠습니다.

가을은 마음을 정화시켜야 하는 시간입니다.

가장 평화로운 상태를 유지하며 반성하고 후회해야 할 계절입니다.

가을이 깊어질수록 내 맘도 깊어집니다.

마음의 약

인류가 시작된 이래로 어떤 형태이든 어떤 성분이든 약도 같이 시작되었다고 봐야 할 거예요.

사소한 생채기쯤이야 자연치유력에 맡겨도 거뜬히 아물 테지만 치유력에만 의존할 수 없는 상처에는 약초와 약물 그 외에 주술적인 약효까지도 동원했을 겁니다.

자기치유가 불가능한 인간 육체의 생존을 위해서는 반드시 약이란 보조재가 필요했을 테니까요.

오늘날을 사는 우리는 저 먼 과거에 살았던 사람들보다도 훨씬 많고 복잡한 성분과 형태를 지닌 약의 홍수에 빠져 살고 있습니다.

건강 보조재는 물론이고 간단한 두통과 배앓이에도, 희귀 병에 특효가 있다는 신약에도 여과 없이 노출되어 있지요.

약이 인간의 수명을 두 배 이상 늘려놓았다고 해도 딱히 잘못된 말이라고 할 수도 없을 겁니다.

육체를 위한 약의 발전은 사뭇 눈부셔서 앞으로 어디까지 진일보할지 사실 가늠하기도 어렵습니다.

육체가 오래도록 생을 누릴 수 있게 되었지만 불행히도 정신적 치유를 함께 늘려가지는 못한 듯 해요.

　사람들의 마음은 몸의 진화나 수명의 연장을 따라가지 못하고 나약해져 우울증에 사로잡혀 있거나 광증에 먹혀 이유 없는 증오를 품거나 정신적 공황에 빠져 자기 이외의 타인에게 무작정 위해를 가하기도 합니다.

　마음을 치유할 약은 없습니다.

　마음은 오로지 자신의 마음으로만 치료할 수 있습니다.

　바른 생각과 평안한 정서적 안정이 마음을 위로해낼 수 있는 가장 강력한 효능을 가진 약입니다.

　비타민처럼 손 닿는 곳에 놓고 교감을 나눌 수 있는 마음의 약을 소망해봅니다. 그대에게도 그런 약 한 방울 입 속에 떨궈주고 싶은 쾌청한 가을 오후 입니다.

살랑이꽃을 보러 갔다

바람이 서늘하게 부는 흐린 오후, 집에서 그리 멀지 않은 공주신관공원으로 차를 몰았다.

가을비가 드문드문 구성지게 차창에 붙었다가 떨어져 나갔지만 가는 길 내내 낮은 구름이 빈손을 내밀고 있는 거 같아 맘이 측은해져 왔다.

바람에 몸을 살랑살랑 흔들고 서있다 해서 코스모스는 순 우리말로 살랑이꽃 또는 살살이꽃이라 불려진다.

하늘의 구름이 곧 쏟아져 내릴 것만 같다.

내 마음 한구석을 메우고 있는 고뇌들도 함께 쏟아졌으면 싶다.

바람의 멈춤이 잠시 코스모스의 움직임을 잡아준다.

어울려 펴 있을 때 존재감을 확연히 드러낸다.

꽃들은 다 그렇다.

혼자보다는 수많은 아우성이 더 큰 아름다움으로 다가온다.

다잡고 붙들어 매도 자꾸 무섭게 빠져든다.

삶의 매 순간들이 이처럼 깊었다면 지금의 나는 내가 아니었을 것이다.

때로는 듬성듬성 쉬어갈 공간을 만들어 주고도 싶다.

아득한 곳을 향하여 아련하게 손을 흔들며 오래 지켜야 할 것들에게 고개

숙여 인사를 나누고 싶다.

내가 나를 지키고 이겨내야 곁을 두른 이야기들을 살아가게 해줄 수 있으므로 내가 나를 먼저 힘내게 해야 한다.

차분하게 강 위에서 불어오는 바람을 깊게 호흡해본다.

무서워하지 말고, 떠나려 하지 말고 모든 것을 깊이 받아들이라고 강바람이 귓가에 대고

낮은 소리로 속삭인다.

내려놓기

바라는 것이 많으면 삶이 복잡해집니다.

우리가 번잡하게 살아가는 것은 저마다 추구하는 것이 많은 까닭입니다.

사람과 사람의 관계도 자연스러워지면 서로가 바라는 것이 생기게 됩니다.

내 의지의 권역 안으로 끌어들이고 싶고 내 존재를 확고하게 심어주고 싶어집니다.

자연스런 욕구일 테지만 충돌이 생기는 시점이 되어버립니다.

그러다 상처를 주고 상처를 받고 소원해지기도 합니다.

내려놓기는 어려운 일입니다.

바라는 것을 희석시켜야 하는 일이기 때문입니다.

해탈에 이르도록 수양을 쌓은 구도자가 아닌 이상 완전히 내려놓는다는 것은 애초부터 불가능할겁니다.

적정선에서 타협을 보는 것이 우리가 해야 할 일입니다.

그러나 그 적정의 선을 쉽게 찾아 낼 수가 없습니다.

마음이 편하게 되는 선이 내려놓기의 목적지가 되어야 합니다.

나를 내려놔보려 합니다. 내려가지 않는 무게가 술찬합니다.

내려놓으려다 무저갱으로 추락해버릴 것만 같은 두려움에 소름이 돋습니다.

이래서 내려놓는다는 것이 겁나는 일인가 봅니다.

가을은 기도하게 만드는 계절입니다.

내가 아는 모든 생명체들이 평안해졌으면 좋겠습니다.

등에 진 무거운 짐, 마음에 덧붙은 무거운 근심.

술렁이는 가을 바람에 실어 날려 보내고 아직은 푸른 빛이 반짝이는 나뭇잎 아래에서 널 부러져 버리고 싶습니다.

싸움

싸움이란 대상이 없어도 이뤄질 수 있지요.

대상이 있어야 싸움이 더 뚜렷해질 수는 있겠지만 더 치열할지에 대해서는 의문이네요.

싸움의 종류가 어떤 것인가에 따라 대상이 있고 없음이 중요해지기도 할겁니다.

수많은 싸움들의 틈에서 또 다른 싸움을 하면서 우리는 살고 있지요.

소리 없이 진행되는 침묵의 싸움도 있고, 쌍소리가 오가는 시끄러운 싸움도, 몸과 몸이 격렬하게 충돌하는 싸움도, 원거리에서 정신적 우위를 점하기 위한 신경전도 있을 거고, 소란스럽거나 조용하거나 모든 싸움은 치열하기 마련입니다.

많은 싸움 중에서 가장 막막하고 두려운 것은 나와의 싸움입니다.

실체도 없고 보이지도 않지만 가장 강력한 적은 바로 내 안에 있는 의지와 반항일 테니까요.

자의식과 무의식의 싸움에서 항상 승자는 정해져 있지 않습니다.

나는 자의식에게 주로 승리를 안겨주기 위해 노력하지만 때로는 무의식에게 나를 포기해주고 싶을 때가 있습니다.

고달파지거나 분노감에 휩싸이거나 무기력해질 때가 그렇습니다.

오늘은 지금까지 끈질기게 해왔던 모든 싸움에서 빠져나 오고 싶어집니다.

일상이 전쟁이라고 싸움이 없는 인생이 있을 수나 있는 거냐고 나를 다독이면서 늘 전선 위에 한 발을 올려놓고 살았습니다.

긴장의 끈을 풀면 곧바로 전사자의 명단에 이름을 올리는 것이라고 독해야 한다고 다그치며 살아온 시간에서 발을 빼 보고 싶습니다.

정말 죽을 것 같은 패배감이 드는지 알아보고 싶어졌습니다.

모든 팽팽함을 벗어놓고 나무 그늘에 가서 푹 눕고 싶어지는 가을 오후입니다.

가을앓이의 시작인가 봅니다.

연못의 공존

때로 꽃이 없는 한가로운 풍경만으로도 좋을 때가 있다.

연못에 꽃들은 다 지고 한 때 꽃을 이고 있었던 대룽만 서있다.

잎과 줄기만 떠 있다.

물 위에 부유하는 것 같아도 수많은 잔뿌리로 물을 움켜쥐고 안간힘 쓰면서 자신의 위치를 지키고 있다는 것을 나는 안다.

자기를 지키기 위해서는 매 순간 전 힘을 다 기울여야 한다는 것을 연잎에게서 다시 새긴다.

눈에는 보이지 않는다.

물 밖을 저 이파리들이 모르듯 나는 물 속을 알지 못한다.

수많은 생명들이 그들만의 가치로운 삶을 저 물 속에서 살아내고 있을 것이다.

힘들다고 내 살이를 불평하지만 물 밖의 삶이 물 속의 삶 보다 힘들다고 말하지는 못하겠다.

공존하기 위해서 저들은 일정한 간격을 서로 공유한다.

덩치가 크면 조금 더, 작으면 조금만.

이들의 공생의 질서에 감복하면서 물 밖의 내 삶을 돌아본다.

물 밖의 생명들에게 공존이란 무관심일 뿐이다.

관심을 갖자마자 자기만의 영역을 확대해버리려고 사족을 못쓴다.

연못을 들여다 보며 눈이 깊어진다.

탁한 물 안에서도 수많은 사연들이 얽히겠지만 싸움소리가 나오지 않는다.

부유하는 삶일지라도 저리 제자리를 지켜내며 분수껏 살고 싶은 날이다.

직립

반듯하게 서 있는다는 것은 고역이겠지요. 잠시 바른 자세를 유지할 수는 있겠지만 시간이 지날수록 몸이 뒤틀리고 정지한 근육들이 움직이고 싶어 정신을 찔러댈 겁니다. 바로 선다는 것은 그처럼 힘겨운 일이지요.

항상 바를 수 없기에 바름을 추구하고, 동경하게 되는 걸 거예요.

메타세쿼이어의 직립을 볼 때마다 부럽기 보다는 부담스럽답니다. 어찌 저리 꼿꼿할 수가 있는 것인지, 오직 직선으로 하늘을 찔러 올라가는 자세에는 흐트러짐도 없지요. 나에게 직립은 그렇습니다. 부담스럽고 불편한 것.

몸을 낮추기도 하고, 뒤로 누워 땅을 향하기도 하고, 똑바로 누워 하늘을 올려다 보기도 하고, 기도하듯이 머리도 손도 가깝게 합쳐보기도 하면서 그렇게 본능이 시키는 대로 몸의 근육이 원하는 대로 살고 싶습니다.

평생을 바를 수만은 없는 노릇이지요.

굽은 길을 가야 할 때는 굽히며 가고, 곧은 길을 가야 할 때는 허리를 세우고 직립의 자세를 만들어 가고, 자유로이 몸을 만들며 살고 싶습니다.

메타세쿼이어 나무 아래서 똑바로 서 보다가 금세 등 구부리고 앉고 말았습니다.

그 말과 그 말

말은 전속력으로 달려갈 때가 가장 멋있다.

미끈한 다리로 질풍처럼 대지를 박차는 힘찬 모습은 생각만해도 시원시원
하다.

말의 역할은 달리는 것이다.

그런데 또 다른 말은 달려야 할 때만 달려야 하는데도 불구하고 제 멋대로
쏜 살보다 더 빠르고 치명적이게 달리기도 한다.

그래서 사람의 말은 정녕 무섭다.

그 말과 그 말이 서로 다른 까닭이다.

남에게 이로운 말은 할수록 마음이 부자가 된다.

나에게 이로운 말은 할수록 마음의 곳간을 비우는 짓이다.

요사이 많은 말을 해야 해서 부담이 된다.

별로 말을 하지 않는 게 나의 본 모습이었는데 이러저러한 궁지에 몰리다 보
니 말이 격해지고 의도하지 않았는데도 쌍시옷 자 같은 된 발음의 언어들이 입
밖으로 자주 터져 나온다.

우리를 위해서라고 강조하고 반복하고 힘을 실어 말하지만 내심으로는 이 모두가 다 나를 위하는 짓인 거 같아 돌아서면 상심하게 된다.

좋은 언어로, 사랑스런 말로 하고자 하는 일을 서로가 상처가 없이 잘 해나 갈 수는 없을까.

밀려드는 자괴감에 손으로 입을 막아본다.

이렇게 있다가도 또 거친 말을 하게 될 것이다.

이루어야 할 일이 어려우면 어려울수록 악순환은 반복될 것이다.

후회하면서 다시 후회하면서……

살아가는 자의 숙명이 되버린 느낌이다.

그래도 자주 예쁜 말들을 써보리라 다짐은 해야지.

남에게도 나에게도 이로운 공통의 말을 찾아야지.

마음 가리기

드러내 놓아도 좋을 것은 어느 누구에게도 피해가 가지 않는 것이겠죠.

보면 서로 즐거워 질 수 있는 것,

여기에서 저기로 이어주고 싶은 것과 같은 피해 보다는 서로에게 득이 되는 것들은 자꾸 드러내 놓는 게 좋을 거예요.

하지만 나에게는 좋은데 다른 이에게는 그렇지 못한 것들이 많이 있을 겁니다.

가령 수많은 경쟁의 틈바구니에서 동료들보다 먼저 홀로 승진을 했다거나 오락게임 중에 우연히 수지를 맞았다거나 나는 좋은데 남들은 배가 아픈 거.

나는 마구 드러내 놓고 자랑도 하고 싶고 우쭐해 지고 싶겠지만 그래 봤자 돌아오는 것은 냉담한 시선일 뿐일 겁니다.

앞에서는 함께 즐거워하는 척 하겠지만 뒤돌아서면 금방 얼굴을 구길 거니까요.

나에게 즐거운 일이 다른 이에게는 상실감을 주고 상처도 될 수 있다면 가릴 줄 알아야 할 겁니다.

드러내 놓은 것은 가급적 함께 즐겁고 나누어도 무리가 없는 것이어야 합니다.

이것도 배려라 할 수 있겠지요.

살아가는 동안 우리는 가릴 줄 몰라서 분란을 만드는 일들을 종종 보게 됩니다. 하지 말아야 될 말을 자랑인 듯 뱉어내서 무리수를 만들어 내고 주위 사람들을 기분 잡치게 만드는 분란. 남의 성공에 대한 질투심에 엉뚱한 것들을 엮어 넣어 관계를 단절시키는 분란.

마음을 가릴 줄 모르면 따돌림을 당하기 일수입니다.
가려야 할 마음은 타인이 보지 못하도록 숨겨놓고 자신만이 즐기면 됩니다.
타인의 심기를 아프게 하면서 얻어낼 수 있는 나의 행복은 행복이 아닙니다.
나만의 행복한 기억들을 은밀히 숨겨 놓습니다.
가끔 떠올리며 흐뭇해 하고 설레고 꿈꾸는 기분도 온전히 나의 것이 됩니다.

그대는 마음 가리길 잘하고 있나요.

가부(可否)

선택은 줄기차게 삶의 몫이다.

선이 그어지면 선을 넘을 것인가, 넘지 않고 그대로 있을 것인가를 선택해야
한다.

넘는다는 것은 새로운 길로 나간다는 것이고 머문다는 것은 새로운 질서를
부정하거나 거부한다는 것이다.

선택은 옳고 그르고의 단순한 가름의 문제로 끝나지 않는다.

선택에는 과정과 결과까지도 감내해야 한다는 자기 확신이 필요한 법이다.

선택에 회피를 적용시킬 수는 없다.

회피는 자신의 삶 자체를 부인하는 것이기 때문이다.

모든 것을 아니다, 모른다, 그렇지 않다고 부인할 수는 있다.

그러나 그 모름의 회피가 있었던 일과 있어야 할 일을 없애줄 수는 없다.

자기가 살아온 삶의 매 순간과 자기 자신의 존재마저도 부정하는 일이 되기
때문이다.

가를 선택할 것인가, 부를 선택할 것인가에 대하여 오로지 뒤따라올 책임과
결과는 선택에 직면한 당사자의 몫이 된다.

그럼에도 불구하고 반드시 선택의 순간에는 선택을 해야 한다.

선택하지 못하는 삶은 이미 숨쉬기를 멈춰버린 것과 같기 때문이다.

옳은 선택은 바른 결과를 가져올 확률이 높다.

옳은 선택의 길은 도덕적 양심과 대의가 결합될수록 정당하다.

어떤 선택을 할 것인지 우리의 삶의 시계는 멈추지 않고 항상 우리를 재촉한
다.

거짓말

살다 보면 진실만으로는 온전하게 살아갈 수 없기도 하다.

상황에 따라서는 대상을 위해서 혹은 자신을 위해서 거짓말도 하며 살아야 한다. 거짓말이 진실보다 강력한 긍정의 효과를 내는 상황이 분명히 존재하기 때문이다.

심각한 병에 걸렸거나 절망에 빠진 사람에게 절대로 살아날 수 없다고 말하거나 일어설 수 없다고 곧이 곧 대로 말한다면 얼마나 큰 상처가 되겠는가.

어떤 병도 극복하고 새로운 삶을 살아갈 수 있다고, 어떤 절망도 노력하면 극복할 수 있다고 말해주는 것은 용기를 북돋는 선의의 거짓말이다. 이런 거짓말은 거짓말이 아니라 거짓을 빌린 역설이다.

그러나 결코 하지 말아야 할 거짓말을 술술 해대는 사람들이 적지 않다. 악의적인 거짓말은 두고두고 살아남아서 곪아터지게 되어 있다. 거짓이 다른 거짓을 만들어가게 되어 결국엔 진실을 이야기할 수 없게 되고 자신이 한 거짓말을 진실이라고 믿어버리게 된다.

자신 뿐만이 아니라 모두를 불행한 늪으로 빨아들이는 거짓말은 짓지 말아야 할 죄악이다. 사람을 살리는 거짓말, 주위를 유쾌하게 만드는 거짓말은 당하는 사람이 알면서도 슬쩍 넘어가 준다. 속임으로 자신만을 이롭게 하기 위한 거짓말은 결국 허점이 드러나게 된다. 자신의 도덕적 죽음을 불러오는 그런 거짓말을 끝도 없이 되풀이 한다면 영혼마저도 거짓의 바다에 빠지게 될 것이다.

안녕하자

한 달이나 이르게 겨울이 찾아온 듯 하다.

선선한 날씨에 단풍들 날을 기다리던 때가 얼마 지나지도 않았는데 단풍이 다 들기도 전에 영하의 기온이 잔뜩 어깨를 움츠러들게 한다.

잦은 비가 오고 비 그친 후 부는 바람이 북쪽으로부터 찬 기운을 몰고 왔기 때문이다.

여름이 예사로운 더위를 껑충 뛰어 넘었듯이 추위도 만만치 않을 것 같다.

나라 안 밖은 전래 없는 봉건적 권력들의 치세로 인해 분노로 여름 더위는 더위도 아닌 듯 뜨겁지만 그런들 찬바람 부는 겨울을 막을 수는 없지 않겠는가.

이제 차가운 바람처럼 냉철하게 현실을 판단하고 현명하게 사태를 처리하라고 겨울이 미리 와서 불타오른 가슴들을 냉각시키고 있는 것이다.

곤두박질 친 경기가 썰렁하다.

이리저리 치이며 살아야 하는 보통의 생활인들은 생활이 궁핍하다.

훈훈한 미담들은 지금의 현실에서는 수면 아래로 가라앉아 고개를 들 엄두도 못 내고 있다.

마땅한 빽도 없고 궁한 삶을 이래저래 연명해 나갈 용기도 잃어가는 사람들의 처진 어깨가 측은하다.

　겨울 추위가 혹독할수록 이듬해 봄의 따뜻함을 기다리는 희망이 강해진다고 말하고 싶지만 선뜻 강요된 희망을 만드는 말장난 같아서 그만 둔다.

　추위는 견뎌야 하는 사람들에게나 곤혹스러운 것이다.

　등 기대고 뜨뜻하게 아랫목에 누워 시간이나 침해하고 있는 사람들에겐 시련도 되지 못한다.

　그래도 어쩌랴.

　우리를 지키는 것은 결국 우리다.

　나를 지켜가는 것은 나일 뿐이다.

　독 오른 추위에 맞서야 하는 것은 자신의 몫이다.

　지지말자. 버텨내는 것이 이기는 것이다.

　나에게, 나를 위해서 좁쌀만한 위로라도 주자.

　추워서 힘들고 없어서 처연해도 찾아온 겨울에 최소한의 안녕을 기원하자.

　그대여, 안녕하자.

가는 비, 오는 비

　밤사이 비가 창문을 툭, 툭 뭉툭하게 두드리는 소리를 들으며 무슨 생각에 골몰했던 것일까. 한잠도 자지 못하고 뜬 눈으로 세우고도 어떤 생각을 주로 했고 어떤 결론에 이르렀는지 잡히는 것이 없다.

　베개를 부둥켜안고 이리저리 뒤척이다 빗소리의 토닥거림에 스스륵 잠이 들고 싶었는데 오는 비는 오히려 잠들지 말라고 투닥거림을 더했다.

　잠자리에서 고민은 마약과도 같이 잠을 각성하게 만들어버린다는 것을 알고 있음에도 습관처럼 눈을 감자마자 낮 동안의 일과 내일의 일과 알지도 못하고 기억하지도 못하는 일들을 반복해 머릿속에 굴린다.

　애초부터 나의 습관은 숙면과는 거리가 먼 것이다.

　생각 없이 사느니 먹지 않고 사는 것이 좋다고 입에 올리고 다니기는 해도 잠을 잘 수 없이 한 밤을 온통 눈을 뜬 채 세워야 할 때면 생각이 없어도 좋으니 잠깐이라도 잘 수 있으면 좋겠다고 미련을 떨어보기도 한다.

　가을비가 온다. 나에게 다 지나가 버리기 전에 생각을 키울 것은 키우고 정리할 것은 정리하라고 신호를 주는 비다. 비가 가고 나서면 찬바람이 불어와 옷깃을 추켜세우게 하듯 내가 살아온 한 시절이 가고 말 것이다. 잘 살았는가, 어물쩍 거리며 지냈는가. 자평하거나 자학할 시간도 없이 비가 오고, 비가 가는 것처럼 시간도 왔다 간다.

보일러를 켜며

속절없다.

시간에게 하는 나의 독백이다.

누우면 하늘이 보이는 창문을 닫게 된지가 몇 일된 것 같다.

답답해서 열어놓고 잠을 자던 시간이 언제 있었냐 싶게 닫힌 창문이 금세 익숙해진다.

갑갑증 보다는 스산하게 들어오는 찬바람이 이불을 뒤집어 덮어도 다 가려지지 않아 벌써 아늑하다.

잠을 청하려다 싸늘한 방바닥이 손끝에 닿아 온 몸으로 냉기가 들어온다.

형광등을 켜고 보일러에 손을 얹고 잠시 망설이다 버튼을 ON으로 돌려 낮게 나마 온도를 올린다.

온기를 찾아야 하는 시절이 왔다.

납세고지서를 받듯 시간을 받아 드는 일이 익숙하다.

불을 끄자마자 흰 달이 창문 밖에서 어정쩡하게 나를 바라다 본다.

사는 것이 투박하다.

시간이 나에게 하는 전언 같다.

보일러를 켜며 내 시간의 온도도 맞춘다.

비 그치고 가을을 맞이한다

어제 하루 종일 내리던 비가 멈췄습니다.

가을비는 처량스럽기만 합니다.

비 그친 이후 나뭇잎들의 색조가 미묘하게 바뀌고 있는 듯 합니다.

내가 너무 민감한 것인지도 모르겠습니다.

변화의 조짐은 쉽게 알아차리지 못하는 경우가 많습니다.

확연한 바뀜은 전조가 아니라 이미 변화의 끝이라고 해야 할 것입니다.

푸른 빛의 나뭇잎에 옅은 갈색물이 들어가는 것 같습니다.

기온이 오르락 내리락 하다 보면 어느새 갈황색으로, 황색으로 단계적 변화
를 만들어낼 것입니다.

내 생의 또 하나의 가을을 맞이할 준비를 합니다.

오는 듯 가버릴 가을은 맞이하는 순간 이미 뒷모습을 보이고 맙니다.

마음 가난한 사람들에게 포근한 이불 같은 낙엽을 덮어주는 가을이었으면
좋겠습니다.

그리움을 많이 품은 사람들에게 갈바람이 애틋한 사연을 날라주는 가을이
었으면 좋겠습니다.

이번 가을은 가장 후미진 곳까지 단풍물이 들어 가장 평범해서 평범한지도
모르는 풍경까지 은근했으면 좋겠습니다.

흔들리며 가자

흔들리는 것이 약해서가 아니다.

흔들리지 않는 것은 없다.

굳건히 버티고 선 콘크리트 건물도 오랜 바람에 보이지 않게 흔들린다.

나무는 온몸으로 흔들림을 보여줘야 오히려 쓰러지지 않는다.

쓰러지지 않기 위해서는 역설적으로 잘 흔들려야만 한다.

흔들리며 가자.

산들바람이 불면 바람의 리듬을 타며 흔들리고 센바람이 불면 앞뒤로 휘청
이며 가자.

흔들린다고 겁먹은 것이 아니다.

더 오래 가기 위해서 흔들림에 의지하는 거다.

간혹 주저앉고 싶은 욕구에 맘이 지치기도 할 것이지만 흔들림에 익숙하다
보면 잘 흔들며 서 있게 될 것이다.

흔들며 걷는다.

바람도 내 곁에서 흔들린다.

나무를 떠난 잎들도, 땅에서 일어난 흙먼지도.

나와 함께 몸을 흔들며 내 주위를 지키고 있다.

계절앓이

계절이 순식간에 바뀌어버렸습니다.

몸 속의 세포들이 미쳐 준비를 하지 못하고 지난 여름의 끝을 놓지 못했습니다. 세포막들의 거친 여름 벗기가 온 몸을 들쑤십니다.

허리며 등이며 심지어 뇌까지도 통증을 호소합니다.

설렁한 바람이 피부를 자극합니다. 오돌오돌 소름이 돋습니다. 생의 한 계절이 가고 또 한 계절을 맞습니다. 두툼한 나무 방망이에 맞는 듯 아픕니다.

지나면 다시는 오지 않을 시간을 보내주며 몸이 맘보다 먼저 주저하고 있습니다. 이미 색을 변화시키기 시작해버린 나뭇잎을 보며 내 한 생의 계절을 팔 벌려 몸살을 앓듯 품습니다.

가을입니다. 깊이를 가늠하기 싫을 정도로 짙푸른 하늘이 있고 푸른 빛은 오색으로 생의 절정을 향해 뛰어가는 숨가쁜 시간입니다.

나에게도 누구에게도 가을은 쓸쓸한 초저녁 서늘한 바람처럼 금세 지나가 버릴 것입니다. 그래서 더 아픈 계절앓이를 처음부터 시작하는 것입니다.

많이 아파하고, 많이 외로워하고, 많이 울어도 흠이 되지 않는 가을입니다.

보는 자와 행하는 자의 차이

보는 것은 누구나 할 수 있다. 바라볼 수 있는 눈과 들을 수 있는 귀와 이리저리 사리를 분별할 수 있는 어느 정도의 사고력만 있으면 본다고 할 수 있다.

다만, 보는 것도 정도의 차이는 존재한다.

심안을 가지고 겉모습이나 외형으로 드러난 것으로부터 원리를 이끌어내고 새로운 패러다임을 구성해내는 것은 누구나가 다 할 수 있는 것은 아니다.

현상을 현상으로만 대하거나 그 보다 조금 더 나아가 현상으로부터 현실을 직시한 것을 마치 모든 속내를 파악한 것처럼 생각한다면 그냥 보는 것이라 말해야 할 것이다.

아무튼 본다는 것은 행한다는 것보다 그나마 쉽다.

본 것을 토대로 행동으로 옮길 수 있는 사람은 많지 않다.

성공에 이른 사람들은 본 것에 만족하거나 본 것만을 중시하지 않고 행함으로부터 자신을 만들어 간 사람이다.

행동으로 옮기지 않고 이뤄지는 것은 없다.

천리 길도 한 걸음부터 시작이라고 하지 않는가.

한 걸음 옮기는 것이 행함의 시작인 것이다.

보는 것으로 타인을 지적하고 일정한 방향을 제시할 수는 있다.

그러나 행함으로 인해서 발생하는 많은 변수들을 극복할 대안을 주지는 못한다. 대안은 오로지 행하는 자 스스로가 행하면서 만들어내는 창조행위와도 같다.

행하는 자만이 누릴 수 있는 창의적 특권이라고 하면 지나친 과장일까.

그러므로 행하는 자는 창조자다.

보는 자와 행하는 자의 차이는 근본적으로 창조성에 있는 것이다.

그대여, 그대가 보는 것은 무엇인가.

그대가 보는 것에만 안주해 있지는 않는가.

행함은 미지의 길을 가는 것일 수도 있다.

행함은 뻔히 드러난 길을 가는 한심한 일일 수도 있다.

그러나 가야만 새로운 길도 만나고 전혀 엉뚱한 결과물도 얻어낼 수 있다.

제4부
마음난로를 준비하는 겨울

약속이란

집게 떠난 빈 껍질 같은 것.

간이 맞지 않는 멀건 국물 같은 것.

좋을 때는 맹세 보다 강한 것.

그러나 틀어지고 나면 공허함만 남는 것.

빈 술병에 드나드는 바람 같은 것.

바닥에 떨어진 비처럼 산산이 흩어져 버리는 것.

있다가도 금세 사라지는 것.

독백

자신의 손가락 끝에 박힌 가시가 가장 아픈 법이다.

타인의 고통이나 사정이야 그저 동정의 말 한마디의 대상일 뿐이라고 생각하면서 적당히 고개 끄덕이며 살아가는 것이 사람의 본심일지도 모르겠다.

이타적이라고 스스로를 추켜세우면서도 속내는 자신에게만 한없이 너그럽게 대하며 우쭐해 살아가는 것이 보통의 편애다.

별로 아파 보지 않은 사람이 엄살이 더 심하다. 죽도록 아파하는 사람을 물끄러미 보면서 자신의 손톱 밑의 가시에 더 관심이 깊다. 불행한 사람 옆에서 자신의 사소한 아픔을 과장해 불행하다고 너스레를 떤다. 주위에 이런 사람을 보는 것은 참으로 고역이다.

못나고 못된 사람의 이야기를 들었다. 여러 번 귀를 씻었다. 무시하며 대범하게 흘려 보내자고 뇌까려 보지만 나에 대해 어처구니 없는 편견을 가지고 있다면 대범해 지지가 않는다.

분노가 일다가 헛웃음이 난다. 그러다 못된 것들은 못된 생각을 하다 못되게 삶을 허비하는 것이지 하며 나를 수긍시킨다.

나는 누군가에게 못된 사람이 아니었기를 반성한다. 나는 누구에게도 헛된 사람으로 남지 말기를 소망한다. 그리고 또 생각한다. 나에게도, 누군가 에게도 나는 간절한 사람이기를.

감기 대처법

뜨거운 보리차를 마셔봅니다. 목 감기에 걸린 편도는 딱딱해져 있습니다.

겨울을 아무일 없이 지내기엔 버거운가 봅니다.

감기가 일주일 단위로 찾아와 몸을 단련시켜 주고 있습니다.

겨울나기를 위해 단단히 준비를 해도 조그마한 틈만 비치면 몸 속을 파고드는 감기몸살에 매번 지고 맙니다.

쩡긋거려지는 코의 자극은 재채기의 신호입니다.

폐가 터져나갈 듯 크게 재채기를 하고 나서야 후련해집니다.

이미 몸을 내준 뒤에는 그냥 앓는 것이 낫다는 체념을 여러 번 했지만 그래도 덜 아프라고 약을 먹어봅니다.

감기에 대처하는 법은 지는 것입니다.

내 몸이 감기에 순응하다 감기 스스로 머물 이유를 충족하고 떠날 때를 기다려야 합니다.

불 같은 사랑이 불통의 상처가 되어 이별하는 일과 같습니다.

타미플루

자신하면 안 되는 것이 건강이라는 말을 새삼 절절히 깨닫는 며칠이었다. 두통과 미열, 잔뜩 화가 난 듯 부은 목에서 우러나오는 잔기침. 그리고 전신 근육들의 몸부림. 독감의 전형적인 증상인데도 설마 내가 독감에 걸렸으랴 미련스럽게 부인하다 더는 견딜 수 없어 찾은 병원에서 간단한 검사를 해보니 독감이 맞는단다.

스트레스를 탓할 수도 없다. 연말에 몰려드는 피로만을 욕할 수도 없다. 나에게 내가 무관심하고 나를 아무런 보호장벽도 없이 해방시켜놓은 결과다. 여태 단 한 번도 독감에 걸리지 않았다는 쓸모 없는 자신감이 탓이다.

타미플루를 처방 받고 영양제와 함께 침대에 누워 정맥을 통해 링거를 맞으며 피식, 웃음을 지었다. 온몸의 근육을 안마봉이 두드리는 것처럼 나른하게 만들어 무기력의 늪에 빠져들게 해 준 독감에게 오히려 고마워 했다.
자신을 자신하지 않도록 경계심을 돋구어 주어서……,

타미플루가 독감을 물리치기는 하겠지만 내가 나에게 품은 자만은 어쩌지 못하지 않겠는가. 손으로 코와 입을 가리고 그렁그렁 기침을 하면서 미련한 삶의 진리 하나를 추가해 배웠다.

희망의 옷을 벗어 밟고 가라

모든 인간의 시작조건은 동일하다

갖은 게 많은 인간도, 없는 인간도.

그러나 출발이 다르다.

평범한 사람은 아침에 눈을 뜨면 반복적으로 세수를 하고 똥을 싸고 밥을 먹는다.

성공한 사람은 아침에 눈을 뜨면 오늘 해야 될 일을 생각하고 할 수 있다, 해야 한다 긍정의 밥상을 차려놓고 전날의 실수를 씻어내고 전날의 피로를 싸 내리고 충전에너지를 먹는다.

변화는 두려움이 아니라 적응의 문제다.

적응이 완료될 수는 없다. 끊임없는 적응을 창조적 변화로 만들기 위해 노력하자.

창조적 변화가 혁신이다.

혁신의 재 혁신이 지속되면 변혁이 이루어진다.

스스로 출발의 자세를 바꾸는 것이 인생을 바꿀 것이다.

성공한 사람은 정해진 것이 아니라 성공할 수 있는 조건을 스스로 갖춘 사람들이 만들어내는 결과물일 뿐이다.

희망만 갖지 마라. 품고 있다고 이뤄지는 것이 아니다.

입고 있는 희망의 옷을 벗어 나아갈 길 위에 깔고 밟고 나아가라.

나아가는 내내 희망의 길을 걸을 수 있을 것이다.

그 길의 끝에 가보지 못한 것은 대부분이 다 똑같다.

단지 누가 더 끈기 있게 가고 있느냐가 중요할 뿐이다.

주춧돌을 놓자

아프지 않은 사람은 없다.

가난한 자는 가난해서, 행복한 자는 행복을 부둥켜 안기 위해서, 부자는 부자라서 모두들 남이 인정하든 그렇지 않든 아픔을 가지고 있다.

아픈 것은 살자면 누구나 지고 가야 하는 생의 업이다.

단지, 아픔에 져서 나락으로 떨어지지 않도록 버티고 이겨내야 하는 것이 우리 생의 과제다.

그렇기 위해서는 스스로 단단해져야 한다.

기반을 만들어 놓아야 한다.

아무리 굵고 튼튼한 기둥도 주춧돌이 없으면 기울고 결국 무너지게 되어 있다. 무너지지 않기 위해서 아픔에 지지 않기 위해서 나만의 견고한 주춧돌을 놔라.

그 주춧돌 위에 솟대처럼 높이 희망의 깃발을 달 수 있을 것이다.

겨울의 역할

영하 10도 이하의 날씨가 찾아왔다. 이제야 겨울다운 겨울의 시작이라고 말해도 될 것으로 보인다. 폭염의 기억이 점점 잊혀져 간다. 이제는 강추위가 걱정이다.

수분을 머금은 공기마저 대기 중에서 얼어 호흡기로 얼음조각이 들어오는 정도의 추위를 자주 경험하지는 못할지라도 강력한 추위가 있어야 겨울이 겨울답다는 것에는 동의할 수 밖에 없다.

겨울이 지나치게 온화하면 추위에 동사해야 되는 병균들이 그대로 살아 있게 되고 갖은 질병을 유발하게 될 뿐만 아니라 이듬해 농사도 망치게 된다.

지나친 추위가 계속되면 가뜩이나 불운한 겨울을 보내야 하는 가난한 사람들과 절대 생활비용을 난방비에 할애해야 하는 부담을 안은 서민들의 고통이 가중되기도 하겠지만 겨울이 겨울의 역할을 해야 봄이 더 찬란하리란 희망을 갖는 것으로 위안을 삼아볼 일이다.

겨울은 일종의 쉼의 시간이다.
생체리듬이 낮은음자리표처럼 안정을 추구할 수 있도록 과도한 활동성을 지양하고 격앙된 감정의 표현도 잦아들게 하고 아무에게라도 따뜻한 마음을 전하며 포근히 안아줄 수 있는 자세를 다듬어 가는 자기안정을 찾기에 좋은 계절이다. 그리하여 강추위 속에서도 겨울은 훈훈해질 것이다.

걱정하자

걱정은 자신을 사랑한다는 마음의 긴장감이다.

자신을 사랑함에 편안함만을 갖고자 하지는 않으리라.

가슴 저릿하고 손발 찌릿하고 몸 속 기운이 다 빠져나갈지라도 누구나 자신을 위하는 일이라면 당연히 뛰어들어 갈 것이다.

아무런 걱정이 없다는 것은 자신을 아무렇게나 방치하고 있다는 것이다.

걱정하자.

걱정이 많을수록 치열하게 나를 사랑하고 있다는 것이므로 걱정마저도 걱정하자.

몸이 아픈 것은 나를 더 사랑해달라는 몸의 신호다.

마음이 아픈 것은 내가 나를 소홀히 대하고 있다는 마음의 투정이다.

아파야 비로소 걱정이 생긴 것이라고 생각하지 말자.

아프다는 것은 걱정하지 않은 걱정이 이미 탈이 난 상태다.

내가 나를 가장 적나라하게 사랑하는 가장 쉬운 방법은 걱정하는 것이다.

수렴

결정도 종류가 있다.

주관적 판단에 의해서만 하는 결단.

자료를 검토하고 의견을 청취하고 수렴해서 하는 객관적 판단.

결국 결정은 이러나 저러나 혼자서 해야만 한다.

여럿이서 합의한 결정도 있겠지만 살아가면서 자신의 책임하에 자신의 판결을 스스로 내려야 하는 경우가 대부분이다.

지독히도 주관적이어서 독단적이 되지 않기 위해서는 수렴이라는 절차가 반드시 동반되어야 한다.

판단에는 물론 자신의 인생철학과 신념과 배경과 경험이 상당한 지경까지 역할을 하지만 모든 상황을 혼자서 판단하는 것은 지극히 위험하다.

그래서 조언이라는 것, 회의라는 것, 다양한 자료라는 것이 필요한 것이다.

그러나 수렴은 받아들이는 사람에 따라서 그 범위와 강도가 천차만별이다.

자신감이 강한 사람일수록, 자존감이 센 사람일수록 수렴의 정도는 작아진다.

결정에는 반드시 책임이 동행한다.

결정만 하고 책임을 등지려는 사람을 가끔 보곤 한다.

대책이 없는 사람의 일 부류다.

이런 사람을 만나는 것은 결정적인 불행의 근간이 되므로 피할 수 있으면 최대한 멀리하는 것이 좋다.

적극적인 수렴이 있으면 결정도 빠르고 결과도 좋아지게 된다.

수렴의 범위와 강도가 나에게는 얼마나 적용되고 있는지 반성해 본다.

마음난로

2월 첫날 반짝 한파가 찾아와서 몸과 마음을 으슬으슬하게 만든다. 추위엔 설설 끓는 구들장이 있는 온돌 아랫목이 최고다. 요샌 그런 아랫목을 볼 수는 없지만 예전엔 일을 나가거나 멀리 있다가 정해지지 않는 시간에 돌아올 사람을 위해 아랫목에 스댕공기에 꾹꾹 눌러 담은 밥을 이불에 싸서 고이 보관했던 마음난로였다.

밥상을 차려내고 밥을 먹을 사람이 상 앞에 앉으면 그때서야 둘둘만 이불을 걷어내고 스댕공기를 밥상 위에 올려놓는다. 뚜껑을 열면 모락모락 따순 김이 좁은 온돌방을 한 바퀴 돌아 콧속으로 달큼한 밥 냄새를 몰아넣어 따뜻하게 회를 동하게 해준다.

숟가락 가득 밥알들을 퍼올리며 밥보다도 기다려준 마음에 입맛을 돌게 만들었다. 반찬이라고는 김치와 다른 푸성귀 그리고 살얼음 둥둥 뜬 동치미가 다였지만 얼마나 푸진 상이었던가.

이제는 밥 한끼 그렇게 달갑게 먹을 일이 없다. 기름진 찬은 많아졌어도 고기며 생선이며 침이 돌게 해 줄 상위의 접시들, 비주얼이 화려해도 마음이 푸근한 밥상을 마주할 수가 없다. 마음난로가 없기 때문이다. 뜨거운 김을 후후 불며 서로의 숟가락에 퍼담은 흰 밥알 위에 반찬을 올려주며 흐뭇하게 먹는 모습 바라봐 주며 마음으로 함께 먹는 그런 밥상에서 밥 한끼 든든하게 먹고 싶은 날이다.

맘살

몸에 맞는 살을 몸살이라고 한다.

온 몸 구석구석이 결리고 머리가 멍하고 감기까지 동반하는 경우가 많다.

약을 먹고 주사를 맞고 이불을 둘러싸 메고 끙끙 앓아야 한다.

아무리 좋은 약, 주사라 하더라도 보조적인 작용을 할 뿐, 앓을 만큼 앓아야 낫는다. 힘겨운 시간과의 싸움을 견뎌내야 다시 원상태로 몸이 돌아간다.

무리했거나 몸을 소홀히 대해줬거나 몸이 제 기능이 버거워지면 아프기 마련이다. 아픔이 급하고 강하게 몰려와서 몸에 살을 맞았다고 표현한다.

그렇다면 마음은 어떨까.

마음에도 살을 맞는 일이 많아졌다. 맘살이다.

맘살은 몸살에 비해 더 치열한 아픔이 더 장시간 소요된다.

어쩌면 영원히 치유되지도 않을지 모른다.

본래의 상태로 돌아갈 수 없게 되기도 한다.

마음이 몸과 다른 것은 원래대로 회복되는 것이 오래 걸리거나 영영 회복되지 못한다는 것이다.

맘살은 마음의 병이 돼 버리기 일수다.

지독한 몸살도 함께 불러오는 것이 다반사다.

효과 좋은 주사도 약도 다 필요가 없다.

오로지 자신만의 전쟁에서 스스로가 이겨내야만 하는 고독한 투쟁이다.

맘살을 앓는다.

몸살도 함께 앓는다.

사지에 힘이 들어가지 않는다.

머릿속이 늘어져 뇌파가 폐가에 무질서한 거미줄처럼 난맥상이다.

식욕도 성취욕도 다 사라져버렸다.

몸이 말을 안 듣는 것처럼 마음이 전혀 말을 듣지 않는다.

무서운 맘살에게 시간을 완전히 점령당해버렸다.

자국

의도했든 그렇지 않았든 살다 보면 자국을 남기게 마련이다.

좋은 자국일 수도 있고 그렇지 못한 것일 수도 있다.

기왕이면 오래도록 즐겁고 상쾌한 자국으로 남기기 위해서 애를 쓰면서 사는 것이 평범한 사람들의 삶의 방식이다.

그러나 모든 자국이 그렇게 될 리는 만무하다.

고역스런 기억을 동반할 때도 있고 죽을 만큼 고통스럽기도 할 것이다.

누군가 눈 위를 걸었다.

필연적으로 발자국이 남는다.

지나가려는 사람이나 지나가고 있는 사람은 반드시 발자국을 보게 된다.

무의식적으로 남겨진 발자국을 따라 가게 된다.

새하얀 눈밭에 첫발자국을 남기는 것이 흐뭇한 일이 될 수도 있지만 보이지 않는 굴곡 밑의 위험을 피하기 위한 본능이 앞서간 발자국을 따라가게 하는 것이다.

책을 통해서 경험을 통해서 다른 사람들의 이야기를 통해서 자국의 앞뒤를 가늠하며 가급적 불쾌한 자국이 남겨질 소지가 있는 길을 피하며 살아간다.

때로는 피치 못하게 뻔히 결과가 보이는데도 불구하고 가야만 하는 경우가 있기도 하다.

　그래도 최대한 돌아가고 최소한의 안전을 보장 받으려고 두드려 보고 가는 것이 모든 삶의 진행방향이다.

　세상을 꽁꽁 얼리는 맹추위가 온 나라를 덮고 있다. 겨울이 제대로 겨울 역할에 충실하다.

　사람에게 다가가려는 마음마저 꽝꽝 얼려버리고 있다. 그렇더라도 떠올리기만 해도 오래도록 마음 훈훈해지고 저절로 미소가 번지는 자국들은 여전히 얼지 않는다. ㄹ

　체감온도 영하30도, 동파의 기록적인 추위도 마음을 환하게 했던 자국은 파열시킬 수 없다.

　그대여! 아무리 춥더라도 그대 가슴에 따뜻한 불을 밝혀줄 자국은 안고 있어라.

　그래야 살 맛을 낼 수 있다.

연말정산

직장을 다니는 대한민국의 국민이라면 1년간 충실히 납부한 세금에 대한 과부족을 따지는 시기다.

13월의 보너스라는 달콤한 말은 언제부터인가 씁쓸한 뒤안길로 사라져 버렸다.

임금동결, 고통분담, 임금피크제 등등으로 총수입은 거의 변화가 없는데 세금은 늘어나고 주거생활비 증가, 식생활 비용증가 등으로 살아가는 일이 팍팍해졌다.

연말정산으로 오히려 세금을 더 내야 하는 상황들이 발생한다.

국세청 연말정산 간소화 서비스가 오늘부터 오픈 되어 접속이 폭주하기 전에 아침 일찍 사무실에 출근해 자료를 뽑았다.

작년과 별반 다르지 않는 내용들의 숫자를 보면서 환급은 바라지도 않으니 더는 가져가는 상황이 없기를 하고 허탈하게 웃음을 지어본다.

살아가는 것이 전쟁이다.

전쟁에서는 살아남는 것이 장땡이다.

용감한 자가 먼저 총알을 맞고 후미로 도망친 자는 뒤통수를 맞아 죽는다.

이 시대에 영웅이 되려고 노력할 필요도 없다.

스포트라이트를 받으면 물리고 뜯기고 깎아내리려는 질투심의 집중 공략 대상이 되어버린다.

떠받들고 동경의 대상이 되어야 할 영웅은 이 시대에 없다.

나를 향해 직선이든 곡선이든 날아오는 총알과 포탄들을 잘 피하며 살아남는 것이 진정한 영웅일 뿐이다.

세금 타령하다 영웅론까지 가는 비약을 범했지만 낮게 엎드려 제 할 일에 충실하고 하루하루 힘겹게 살아가는 사람들을 향해 짓궂은 돌멩이를 던지는 일이라도 없는 세상을 살고 싶은 것이다.

힘없는 호구들이여! 어쩌랴, 그래도 살아야지.

호기롭게 사는 것이 잘 사는 것이 아닌 세상이다.

사람들 속에 섞여 보일 듯 보이지 않고 들어날 듯 들어나지 않게 사는 것이 잘 사는 세상이다.

마음빨래
세탁물을 맡기며

구겨지거나 얼룩이 졌거나 그도 아니면 기분이 상해 보이는 옷가지들을 돌돌 말아 들고 세탁소를 찾아간다. 세탁소는 동네 귀퉁이에 있다. 의도하지 않게 걸어서 동네를 한 바퀴를 돌며 세탁물을 들고 간다.

줄이 잘 맞춰진 채 걸려있는 세탁물들이 가지런한 실내에 들어서면 나프탈렌 냄새, 물먹는 하마 냄새 그리고 기이한 이름 모를 냄새가 묘하게 마음을 정화시켜준다. 어지럽고 누추한 마음이 맡겨져 때를 벗고 반짝이는 마음으로 탈바꿈이나 한 듯이…….

언제든 마음 쓰이고, 마음에 들지 않고, 마음을 빨아버리고 싶을 때면 구석에 처박아 놓았다 둘둘 말아 들고 세탁소 바구니에 던져 넣고 잊어버린 채 망각의 시간을 지내다가 세탁물 찾아가라는 문자메시지에 휘적휘적 찾아오는 세탁물처럼 마음도 그럴 수 있으면 좋겠다는 생각을 한다.

단골 크린토피아 늙수그레한 여사장은 신원확인도 하지 않는다. 문을 열고 들어서면 가벼운 눈인사를 하곤 곧바로 가져온 세탁물을 컴퓨터에 등록하기 시작한다. 전화번호며 이름을 외우고 있는 것이다. 선결재지만 깜빡 하고 지갑을 가져가지 않은 날엔 외상도 선선히 받아준다. 친근한 세탁소에 세탁물을 맡기며 마음도 맡기고 온다.

묵은 냄새, 찌든 찌꺼기 다 세척 당하고 본래 나였을 마음으로 돌아오기를. 마음빨래를 한다.

프레임(틀))

프레임은 삶의 방식을 결정하게 하는 비강제적 강제다.

누구도 프레임 안에 있을 것을 강요하지는 않지만 저절로 그 프레임 안으로 들어가게 되고 벗어나길 원하지 않는다.

벗어나는 순간 소외된다는 것을 무의식적으로 알고 있기 때문이다.

프레임은 여러 가지로 형성되어 있다.

조직이든 가정이든 단순한 친목모임이든 프레임이 없는 삶의 방식은 없다.

직사각형으로 정사각형으로 또는 삼각형으로 사람의 모임이 그 모양을 결정하고 모임의 본질이 되어 버린다.

그래서 프레임에 변형을 가하거나 새로운 프레임을 만드는 것은 본질을 바꿔나가야 하는 위험한 모험이 될 수 밖에 없다.

자칫 빗나간 변혁의 시도는 모든 구성원의 존재마저도 파괴해버릴 수 있다.

그래서 프레임에 힘을 가하거나 흠집을 내려는 시도는 많은 저항에 부딪치게 되고 불협화음이 발생한다.

합의와 타협과 정정의 재시도들이 반드시 동반되어야 하는 이유가 거기에 있다.

한두 명이 주도하는 급격한 프레임에 대한 압력은 플렉서블하지 못해서 프레임의 파멸로 치달릴 수 있다.

좋은 의미로 개혁 혹은 혁명이라고도 표현되기도 하지만 그 성공은 보장받을 수 없다.

그 불투명한 성공의 가정이 주도하는 사람을 유혹하는 것이다.

그 유혹은 상상이상으로 달콤할 것이다.

프레임은 다른 프레임으로 바뀌어 가면서도 가급적 모두를 아우를 수 있을 때 진정한 힘을 발휘하게 된다.

깨어지고 구멍이 나게 되면 본질에 변화를 가하지도 못하고 새로운 본질을 구성해내지도 못한 채 사멸하고 말 것이다.

잘 생기고 유연성을 갖춘 프레임의 변신을 보고 싶다.

마름모꼴이든, 오각. 육각형이든 혹은 부정형의 모양이든지…….

나무는 움직이지 않는다

나무는 바람의 길을 막지 않는다. 바람을 잠시 머물다 가게 할지라도 바람을 붙잡지 않는다. 바람은 지나가며 나무에게 상처를 내기도 하고 나무를 휘어지고 너머지게도 하지만 나무는 바람을 탓하지 않는다.

나무는 묵묵히 자리를 지킬 뿐이다.

그늘 아래 쉬고 싶은 사람 쉬었다 갈 수 있도록 잠시 머문 바람을 보내주기도 하지만 자기 자신은 결코 움직이지 않는다.

하늘 아래 한자리 차지한 작은 면적에서 꿋꿋하게 위로 솟아오르는 위대한 생명체는 나무뿐이다. 더 많은 자리를 차지하려 욕심도 내지 않고 오로지 햇빛과 수분만으로 소탈하게 살아가는 가장 검소한 생을 영위해 나간다.

나무를 흔드는 것은 바람뿐이다. 나무는 그래서 바람을 두려워하기 보다는 바람에 온 몸을 맡기는 길을 택했다. 어느 방향에서 바람이 불어오든 가지를 들어올려 맞이하고 홀연히 놓아준다. 잡으려 하지 않고 품으려 하지 않고 오면 오는 대로 가면 가는 대로 바람의 의지에 따를 뿐이다.

시련이란 오고 감이 바람과도 같다. 오고 감을 강제할 수 없다. 막아 설 수도 없고, 피할 수도 없다. 나무처럼 시련을 타며 살아갈 수 있기를……

내부자들

위기의 종류에는 두 가지가 있다.

외부로부터 오는 위기.

내부에서 발원되는 위기.

진원지가 어디인가에 따라 위기에 대처하는 방법도 물론 달라야 한다.

외부에서 오는 위기는 불가항력일 경우가 대부분이다.

사회제도적, 법적인 변화에서 기인한 위기는 회피하기가 불가능하다.

내부의 제반 시스템을 조기에 변화시켜 바뀌어가는 제도에 적용시키는 방법뿐이다.

이때에는 내부의 구성원들이 서로 긴밀하게 위기에 대처하기 위해서 일사분란하게 움직여가기 때문에 내적인 집결과 단합의 힘을 극대화 할 수 있는 계기를 만들어주는 경향이 있다.

체질을 개선하고 한마음으로 조직이 가야 할 방향의 진로를 따라 움직이므로 오히려 기회로 전환시킬 수 있다는 의도하지 않은 장점이 있다고 보여진다.

내부에서 발원되는 위기는 어떠할까.

곤욕스러운 일임에 틀림이 없다.

조직은 불신과 암투로 사분오열되고 저마다의 낮은 포복 자세로 인하여 활력을 잃어버리고 개인의 역량마저 제대로 발현되지 못하게 된다.

자칫 장기화 되면 조직의 급격한 와해로 이어져 자멸의 길을 걷게 된다.

외부에서 오는 위기보다 내부에서 기원한 위기가 극복하기 더 까다롭고 요원한 이유다.

서로가 서로에게 힘이 되어야 할 조직구성원들이 서로를 의심하고 질시하고 성토하는 상황에서 극복하려는 의지가 발휘되기 만무할 것이다.

강력한 리더십의 소유자가 한 방향으로 이끌어 가고 공명정대한 잣대를 들이대지 않는 한 내부에서의 위기는 종식되지 못할 것이다.

위기는 항상 근거리에 와 있다.

위기를 두려워함은 당연한 것이다.

두려움을 느끼는 것보다 위기가 와 있음에도 그 위기를 인식하지 못하는 것이 더 무서운 일이다.

위기의 선상에서 발을 빼내려고 하지 말고 위기 안으로 들어가 맞서야 할 것이다.

외부에서 온 것이건 내부에서 시작된 것이건 위기를 극복하는 것은 의지를 가진 조직 구성원 개개인의 마음가짐이 시작이다.

내부자들이 내부자로서의 위치를 각인하고 내부자로서의 역할을 다 할 때 비로소 위기가 기회가 되는 것이다.

위기는 무너져 포기하라고 오는 것이 아니다.

꺾고 일어나 극복하라고 오는 것이다.

바람소리를 듣다

매서운 바람이 부는 아침입니다.

삼한사온이 제대로 지켜지는 겨울이 되려나 봅니다.

며칠 동안 겨울답지 않게 영상 10도 이상을 유지하더니 밤 세 북풍이 얼음 기를 몰아왔습니다.

어떤 날씨든 기상의 변화는 예고 없이 오는 법은 없습니다.

예상이든 예측이든 대비할 수 있도록 충분한 시간이 주어지는 것이 요즘의 대기과학입니다.

매일 보도되는 예상 기상도를 통해서 익히 추워질 것을 알고 있었지만 막상 얼굴을 차갑게 얼릴듯한 바람을 맞으니 이제야 실감이 납니다.

내일은 더 칼 바람이 불어온다는 예보입니다.

겨울이 추워야 겨울답다는 것을 인정합니다.

눈이 오고 얼음이 얼고 땡땡 언 바람이 불어야 오염되었던 대기가 정화되고 온난한 기온에서 번식하고 생존하는 병원균들을 사멸시킨다는 것을 알고 있 습니다.

그래도 여전히 추위는 부담입니다.

옷이 두꺼워져 부자연스러워 지고 얼굴이며 목이며 신체 모든 부분을 외부로 최대한 드러내지 않고 안으로 안으로 숨어들어야 합니다.

뼛속까지 시린 체질의 마른 사람은 더더욱 견디기 어려운 시련이 되기도 합니다.

그래도 살기 위해서는 모든 것을 감내해야 합니다.

이깐 겨울 추위 좀 왔다고 사는 문제까지 끄집어내야 하는 것인지 회의도 들지 모르지만 바람의 숨소리를 듣다가 몸이 저절로 움츠러들어 지레 겁을 먹은 모양입니다.

바람의 소리를 들어봅니다.

자신의 할 일을 하고 있다고 이야기 하는 듯 합니다.

세상 한 바퀴 시원하게 돌아 걱정거리들, 새삼스런 미련거리들을 죄다 쓸어 담아 북극의 빙산으로 얼려놓고 오겠노라고 호기를 부립니다.

추위에 납작 엎드려 주눅들지 말고 바람의 뒤를 따라 가봐야겠습니다.

숨을수록 어두워지고 움츠릴수록 초라해집니다.

바람에게 등을 맡기고 바람을 타야겠습니다.

바람의 숨소리에 내 심장소리를 더해야겠습니다.

후회스런 일, 참지 못했던 분한 일, 못내 아쉬웠던 일, 걱정으로 걱정되었던 일.

모두를 바람의 등에 태워 멀리 보내야겠습니다.

미리 쓰는 연말 인사

매년 연말만 되면은 쓰는 말이 있습니다.

'다사다난' 귀에 딱지가 앉을 정도로 연말만 되면 들어왔고 썼습니다.

올 해도 역시 이 말을 들어도 하등 거부감이 들지 않을 것 같습니다.

많은 일들이 있었고 많은 사연들이 얽인 한 해였음에 이의가 없기 때문입니다.

잘 살았는가요?

잘 지냈는가요?

하려던 일은 결국 하셨는지요?

후회가 남거나 미련이 남아서 보내고 싶지 않은 일이나 사람은 없는지요?

계획하지 않았지만 어느 날 불현듯 찾아와서 삶의 모든 의미가 되어 버린 일이나 사람은 없었는지요?

행복했던 순간은 얼마나 있었고 가슴 쥐어짜도록 아픈 시간은 얼마나 머물다 갔는가요?

12월 31일이 임박해서 한 해의 인사를 허둥지둥 의무감에서 해버리고 싶지 않아서 미리 인사를 씁니다.

함께 할 수 있는 시간이 아름답고 귀중했습니다.

같이 했던 순간들을 영원히 가슴에 새기겠습니다.

한 해의 첫날을 시작할 때 품었던 그 마음을 끝까지 가져가고 싶었지만 얼추 그랬을 라나 반성하게 되는 이 시간에 더 충실하지 못해서, 더 많은 것을 공유하지 못해서, 더 가까이 끌어안아 주지 못해서 미안합니다.

끝이 보이면 사람은 반성을 하게 된다지요.

끝이 보이지 않더라도 중간중간 겸손하게 자신이 하고 있는 행동을, 자신이 품고 있는 마음을 되돌아 보며 반성을 했더라면 마지막에 해야 하는 반성의 폭이 많이 얇아질 텐데 왜, 과정을 무시하고 결론에 와서야 후회를 하는 걸까요.

오늘 또 이렇게 나에게 마음을 다져놓고도 내년이 오면 시작만큼 끝이 가볍지 않으리란 걸 압니다.

사는 것이 그런 거라고 위로하고 넘어가려고 해서는 안 되는 것인데도 말입니다.

미리 인사를 합니다.

한 해 또 같이 살 수 있어서 다행이었습니다.

우리가 함께한 흔적들은 오래도록 기억 속에 집을 짓고 살아갈 것입니다.

고마웠습니다.

행복하세요.

아전인수(我田引水)

글자 그대로는 '내 논에만 물을 끌어들인다.'라고 풀이 된다.

내 이익만 생각하고 타인을 전혀 고려하지 않는 것에 대한 대명사처럼 쓰이는 말이다.

사람은 본래 이기적인 성향을 가질 수 밖에 없다는 것을 쿨하게 인정한다.

그러나 이타적인 마음이 그 이기심을 자제 시키고 주변의 분위기나 사회적 약속들이 견제를 해주고 있어서 절대적 이기심은 억제된다.

그럼에도 불구하고 정도가 지나친 사람들이 주변에서 모습을 자주 드러낸다.

나 아닌 타인의 존재는 그저 나를 위한 들러리 혹은 장식품처럼 여기는 사람의 존재는 그 자체만으로 생활에 고역을 준다.

그런 사람일수록 자신을 위해서 악착같이 선량한 사람들에게 달라붙어 살기 때문이다.

자신에게 주어진 불이익이 있다면 철저히 만회하려고 싸움을 시작하면서 주위 사람의 불이익은 곧바로 자신의 이익으로 둔갑시키기 위해 찰거머리처럼 달려든다.

자신에게 한없이 너그럽고 타인에겐 지독히도 엄격한 잣대를 들이민다.

책임감은 손톱만큼도 발휘하려 하지 않으면서 권리라는 말에는 양보가 없다.

그런 사람에게는 시궁창 냄새가 난다.

아무리 명품의 향수를 잔뜩 뿌리고 다니더라도 시커먼 속에서 우러난 냄새는 역겹게 밖으로 번져 나오게 되어 있다.

나에게서 시궁창 같은 냄새가 나지 않도록 물꼬를 터놓는다.

공동의 저수지로 물길을 인도하고 모두가 필요한 만큼 끌어다 쓸 수 있도록 하고 싶기 때문이다.

책임을 강요하기 전에 의무를 다하고 적절한 지원을 해 줄 수 있는 사람이 많은 세상이 도래하길 바란다.

사람의 곁에 서면 시원한 박하 향이 맡아졌으면 한다.

나에게도 은은한 라벤더 향기가 났으면 좋겠다.

그대는 어떤 향기를 피워내고 있나요.

결정장애

망설이다 기회를 놓치고 뒷북을 치는 경우를 누구든 경험했을 거예요.

사안이 닥친 현재의 시간엔 이런 저런 상황들을 유추하고 결과를 예상하고 기한이 도래되면 어떠한 선택이든지 결정을 내려야 하는 일들이 대부분의 일상처럼 되어 거기에 맞춰 생활을 하고 있다는 것을 누구나 알고 있지요.

결정을 해야 할 때 적절한 선택을 해야 하지만 그게 말처럼 쉽지 않은 게 사실이고 보면 지나치게 조심스럽게 상황을 맞춰보려다가 기한을 상실하는 우를 범하고 충분한 검토 없이 선택을 아예 포기해버리기도 하지요.

포기도 결정의 일종이라고 친다면 굳이 다른 할말은 없어집니다만 포기는 올바른 결정이라고 볼 수 없다는 것을 누군들 수긍하지 않겠는지요.

매번 바른 결정을 할 수 있는 사람은 없습니다.

신도 아니고 미래를 예시할 수도 없고 더군다나 공상영화에서처럼 타임머신을 타고 미래를 보러 갔다가 올 수도 없는 사람이 언제나 올바른 판단을 할 수는 없겠지요.

그렇다고 하더라도 결정을 포기하거나 미루어서 자신에게 주어진 가능성마저 상실하진 말아야 합니다.

그것은 자신의 삶을 충실하게 살지 못하고 있다는 명확한 반증이 될 테니까요.

　하나의 현상에 발생할 수 있는 경우의 수가 너무나 다양한 연유로 결정장애가 생겨난 거지요.

　단순하게 생각했던 일마저도 의외의 방향으로 진행이 되고 전혀 딴 결론이 나게 되면 다음의 일에 지대한 영향을 미쳐 결정을 더 어렵게 만들고 사람을 지치게 하기 일수입니다.

　그래도 선택을 해야 합니다. 살아야 하는 이 현실은 선택을 하지 않고는 아무것도 이뤄낼 수 없게 되어 있지요.

　숨을 쉬는 동안에는 끊임없이 선택의 결정을 해야만 합니다.

　자신의 선택을 믿고 꿋꿋이 밀고 나가는 것만이 결정장애를 극복할 수 있는 방법이지요.

　누구도 대신할 수 없는 자신만의 삶의 자세와 믿음과 문화를 스스로 만들어 가야만 장애를 넘어설 수 있답니다.

　자신이 몸 담고 있는 조직의 일이든, 지극히 개인적이지만 장애를 극복하지 못하면 치명적인 상처를 남길 수 있는 상황이든, 목숨을 걸어야 이뤄질 수 있는 사랑사이든 지금 결정의 선택을 해야 할 때입니다.

　그대의 선택을 믿어요.

눈 오는 날의 단상들

새벽부터 함박눈이 쏟아집니다.

눈에 대한 낭만을 다 잃어버린 것일까요.

내리는 눈을 보면서 심란해집니다.

눈을 기다리며 눈이 오면 어떤 것을 하고 싶고 어디를 가고 싶고 누군가를 만나고 싶다는 그런 눈에 대한 로망은 이제 영영 사라져버린 것일까요.

나무 위에 쌓여서 나무를 짓누르고 있는 눈이 얄밉게만 보입니다.

바쁘게 지나가는 사람들의 숙여진 고개가 안쓰럽습니다.

젖은 길을 느릿느릿 굴러가는 차들의 속도가 도로를 집어 삼키는 것 같습니다.

모든 사물은 그 사물을 바라보는 사람의 시각의 편차에 의해서 주관적으로 그 가치가 정해지는 법입니다.

사람이란 자신을 위주로 우주를 구성하고 그 우주에 채워 넣고 싶은 것들을 자신의 의지로 채워나가기 마련입니다.

내용물들을 보면 그 사람의 심성도, 그 때 그 때의 마음 상태도, 욕구도 다 알 수가 있을 겁니다.

그러나 지극히 개인적인 세계를 스스로 들어내지 않는 한 누구도 그 내용물을 들여다 볼 수 없다는 비밀스런 한계가 존재함으로 인해 엿보려는 의도들이 심리학이라는 학문을 만들었는지도 모르겠습니다.

눈 이야기를 하다 한참 옆으로 길을 틀었나 봅니다.

그러나 결국 눈을 보는 현재의 마음상태는 부정적인 것으로 바뀌어 버렸습니다.

눈에 대한 내 시각이 그렇게 하도록 나를 몰아가는 것입니다.

이제 눈은 불편하고 대하기 꺼려지고 사람들을 힘들게 만드는 대면하기 싫은 존재가 되어버린 것입니다.

아름다운 설경을 보게 되면 혹 모르겠습니다.

다시 눈에 대한 로망이 생겨날지.

하지만 여전히 지금의 눈 내리는 모습은 심란합니다.

내 자신이 심란하기 때문입니다.

겨울비가 소란스럽기도 하다

비가 잦은 요즈음은 썩 반갑지가 않다.

봄, 여름, 가을 세 계절을 내리 가뭄에 시달리다 고생을 했는데 겨울에 왠 비가 이틀거리로 온단 말인가.

반갑지 않은 일은 때 아니게 자주 일어난다고 딱 그 짝이다.

오늘 아침도 겨울비가 추적추적 온다. 아니 제법 많이 온다.

이 비가 그치고 나면 또 다시 겨울 추위가 본격적으로 시작된다고 날씨예보는 주절거린다.

겨울이 추워야 겨울답겠지만 추위에 이력이 붙지 않는 나는 겨울이 곤혹스럽다.

왜, 원하지 않는 상황은 부르지도 않았는데 가까이 붙어 따라다니게 되는 것일까.

하고 싶고 할수록 좋은 일은 기를 쓰며 하려고 해도 잘 되지 않는 것일까.

뜬금없이 겨울비가 소란스러운 날 아침에 물음표 하나를 불러들인다.

인생사가 다 그렇다고, 누군들 그렇게 살아가지 않는 사람이 있겠냐고 자위하며 넘기는 것도 신물이 나기도 한다.

겨울비가 마음을 한없이 나락으로 밀어 내리기 때문인 것일까.

오늘 같은 날씨에는 가로수가 내려다 보이는 낡은 테이블과 추레한 소파가 있는 창 넓은 커피 집에서 창 밖으로 오고 가는 사람들의 우산을 바라보며 낮게 변죽을 울리는 유행가를 들으며 하루 온종일을 보내보고 싶다.

풀리지 않는 삶의 숙제들에 대하여.

멈춰지지 않는 내 속의 열망들에 대하여.

그리고 또 밑도 끝도 없는 그리움에 대하여.

또 다른 대하여, 대하여 들을 반복해 떨쳐냈다 다시 끌어안아 포옹하면서 시간의 함정에 빠져 있고 싶다.

겨울 비 소란스런 아침, 정지해 있는 내 마음의 불평을 해본다.

달력

무심히 달력을 넘기다 12라는 붉은 글씨에 한동안 눈을 떼지 못합니다. 하필 붉은 글씨로 쓰여져 있는 것일까. 1월부터 무슨 색으로 달을 표시하는지 한 장, 한 장 넘겨봅니다.

'참, 이 짓은 왜 하는지 모르겠다' 속으로 뇌까리면서도 처음부터 끝까지 설마 하면서 다 넘겨 보았습니다. 1월과 12월만 붉은 글씨입니다. 왜?

시작을 열정을 가지고 시작했으니 끝맺음도 불같이 하라는 뜻일까요! 시작도 끝도 다 태워 없애고 무심해지라는 의미일까요! 모르겠습니다. 어떤 의도인지.

남은 1부터 31까지의 숫자를 하나 하나 눈 마주쳐봅니다. 아직 31이나 남아 있습니다. 숫자의 메모란에 무엇을 적어 넣을 수 있을까 생각해봅니다.

그 동안 입안에 겉돌기만 했던 지키지 못한 수많은 약속들을 다시 적어놓고 이룬 것들을 동그라미 치며 살아야 할까요. 이루지 못한 일들을 기록해 놓고 이루지 못했으므로 엑스 표시를 해가며 잊어가야 할까요. 이러나 저러나 아쉬움으로 남을 일들에 대한 미안함의 의식을 치러가는 12월이 되겠지요.

마지막이란 항상 보낼 준비가 되지 않았기에 서운할 일입니다. 후회가 가장 적을 수 있도록 하루 하루에 매달려 봐야겠습니다. 붉은 12라는 글자가 활활 불타올라 내 가슴에 앙금으로 남아 있을지도 모르는 일들을 말끔히 태워버렸으면 좋겠습니다.

기약(期約)

약속(約束)과 기약의 차이는 무엇일까.

갑자기 생뚱맞은 질문을 던져본다.

다른 사람과 앞으로의 일을 어찌할 것인가 미리 정해둔다 와 때를 정하여 약속을 한다리는 미묘하지만 큰 간극 사이에서 고개를 갸웃해 본다.

약속의 범주 안에 기약이 들어가 있음에 대해서는 별다른 이견을 달 필요성을 느끼진 못하겠다.

약속이란 크든 작든, 멀든 가깝든 무엇인가를 정하는 행위다.

다른 사람이든 자신이든 불특정 다수이거나 상황이거나 굳이 한계를 지을 필요가 없다.

약속이란 마음의 움직임에 제약을 가하는 구속의 일종임에는 분명하다.

그러나 약속이란 말이 충족시켜줄 수 없는 강한 속박이 필요할 때 기약이란 말의 의미가 더 깊이 와 닿는다.

살면서 약속이란 너무 흔히 남발된다.

반드시 지켜야 한다는 의무감이 많이 희석되어 버린 것이 사실이다.

약속의 범람이 이뤄지고 있는 생활의 다반사를 우리는 무덤덤히 어겨가면서 살아도 그다지 죄의식에 빠지지 않게 되어버렸다.

약속 시간을 어겨도, 약속한 일이 다소 어그러져도 그러려니 받아들인다.

마음이 너그러워져서가 아니라 약속이란 홍수에 쓸려 다니다 보니 나도 너도 다 그럴 수 있다고 자위하게 되어버렸기 때문이다.

기한을 정해서, 마음을 굳게 다잡아서 기약을 하며 살아가야지 하는 생각이 드는 날이다.

지키지 못하면 죄스러움에 아파하고 스스로의 무책임함을 자책해야 하는 무거운 약속이 기약이란 생각이 든다.

흔하게 맺고 설렁설렁 지키려 하지 않고 온 정성을 다해서 지켜야 하는 기약이 사람과 사람의 관계를, 자기자신을 크고 곧게 만들어주지 않겠는가.

그대에게 기약하고 싶다.

순간이 영원이 되듯 오늘도 내일도 영원처럼 살아가야겠다고…….

첫눈

늦가을 들어 비가 오는 날이 잦습니다. 을씨년스럽고 축 쳐지는 것을 어찌 막을 수는 없는 날씨가 계속되다 보니 저절로 몸도 마음도 가누기가 힘듭니다. 11월 25일 오늘도 비가 새벽부터 내립니다.

기온을 끌어내리고 어쩌면 눈으로 바뀔지도 모르겠습니다.

첫눈은 여러 가지 의미들로 저마다의 머릿속에 각인되어 있을 겁니다.

좋은 사람과의 막연한 약속을 했을 거고 그 막연함이 즐거운 기다림으로 함께 하고 있는 것이 지극히 정상일 겁니다.

어떤 이는 예기치 못한 눈 소식으로 일정에 차질을 빚을 수도 있을 거고 또 어떤 이는 도로로 몰려나온 차의 장막에 갇혀 제 시간에 급한 일을 할 수 없어 마음 동동 이기도 할 겁니다.

모든 사람을 모든 장소에서 만족시킬 수 없다는 것을 익히 알고 있지만 나만의 입장에서 우리는 자기 위주로 판단을 하게 됩니다. 모두를 충족시키는 절대의 선은 이 세상에 존재하지 못합니다. 대부분을 만족시키면 최대의 선이라고 나는 생각합니다.

첫눈에 대한 기억은 그런 면에서 대부분의 사람들이 좋은 추억거리로 갖고 있는 듯 합니다. 오늘 첫눈이 내리면 또 하나의 아로새길 추억을 만들고 싶습니다. 훗날 아하! 하며 기억의 한 자락을 펼쳐내며 그 때, 그 날 그런 사연을 만들었구나. 슬며시 지치지 않을 미소가 절로 떠오를 수 있도록...

제5부
그리고 멈추지 않는 사계(四季)

멈추면 죽는 것

숨을 멈추면 죽는다.

움직임을 멈추면 또 죽는다.

먹지 못해도 죽는다.

그러나 물리적인 죽음보다

가장 절망적인 죽음은

생각을 멈추는 것이다.

깊이를 짚다

자꾸 허리가 두꺼워집니다. 나이 살이라고 치부하기엔 이르다는 생각을 해 보지만 그렇지 않다고도 생각하기엔 뭔가 미심쩍습니다. 작년에 입었던 바지가 허리를 옭매는 아침, 이러다 허리띠가 필요 없겠다는 생각에 버클을 끼우다 실실 웃음이 납니다.

허리가 두꺼워지는 만큼 내 삶의 깊이도 깊어졌는가. 세월을 먹을수록 내면도 깊어져 흔드는 바람에도 의연해지고 보란 듯 당당해져야 하는 것인데, 그것이 순리일진데. 바지를 입다 아침부터 깊이를 짚게 되다니.

깊이는 연륜일 수도 있겠지요. 경험의 산물이 결국 깊이로 나타나게 될 테니까요. 하지만 경박함을 자랑해대는 사람들이 아직도 주위에 많은 걸 보면 연륜과 깊이의 필연적 상관관계는 없는 것도 같습니다.

결국 깨달음의 깊이가 삶의 깊이를 유도하는 걸 겁니다. 같은 경험을 해도 사람이 가진 기본적인 소양 정도에 따라 깨달음의 속도와 깊이가 다른 것처럼 말이지요.

깊이는 그 사람의 내면의 살 두께일겁니다. 마음의 살이 두터워진다면야 거부할 이유가 없겠지요. 허리가 두꺼워진다고 깊이를 얻고 있다고 말할 수 없는 이유랄까요. 허리가 두꺼워지는 만큼 내 마음의 두께도 두터워졌으면 하고 바래봅니다. 세월만큼 함께, 경험만큼 많이, 나이와 대등하게 깊이의 깊이를 늘리면서 살아낼 수 있기를 염원합니다.

물숨

제주 해녀들은 바닷속에서 숨의 한계를 넘는 그 순간을 물숨이라고 한다. 귀한 전복을 따겠다는 욕심에서 물숨의 한계를 넘다 자칫 죽음에 이르기도 한다. 물숨은 욕망의 한계라고 정의하면 될 것 같다. 욕망이 지나치면 한계를 넘어서고 이루기 위한 것들로부터 오히려 모든 것을 잃어버리게 된다는 교훈이 내포되어 있다.

반대로 제주 해녀들은 모든 상심과 걱정과 아픔을 안고 물질을 하러 들어가 물속에 있는 시간만큼은 그 모든 상실들을 잊고 오로지 자맥질에만 열중하게 되는데 이를 물힘이라고 한다.

물숨과 물힘 비슷하게 생각되지만 그 안에 숨어 있는 의미는 완연히 다르다.

우리는 한계를 한참 넘어버린 욕망을 품고 그 욕망을 좇아 가며 살고 있으면서도 자신의 욕망은 그릇된 욕망도 아니고 지나치지도 않아 모자란다고 자신을 애써 재촉하면서 산다. 하나를 얻으면 곧바로 세 개, 열 개를 얻기 위해 자신의 기준을 넘어선 그릇의 크기를 늘리려고 한다. 그릇의 두께가 한정 지어져 있어 자꾸 늘다 보면 얇아져 깨져나가게 된다는 것을 알려고도 하지 않는다.

하나를 얻으면 그 얻은 하나를 더 튼튼하게 다지고 높이는 것에는 관심이 적어진다.

이것이 우리가 우리에게 행하고 있는 물숨과 물힘의 차이라고 해도 될 것이다.

넘치는 것은 모자란 만 못하다. 넘치는 잉여는 그저 버려지는 것과 매한가지다. 쓸모 없는 욕심은 넘치면 과감히 그릇 밖으로 버려야 한다. 다 가지려다 그릇이 깨져 다시는 모을 수가 없게 된다.

눈앞에 크나큰 전복이 보일지라도 숨의 한계를 넘어서는 집착을 포기하고 물 위로 올라오는 제주 해녀들처럼 한계를 지키는 것이 목숨을 지키는 일이다.

한계도 없고, 한계를 무시하는 사람은 영웅이 아니라 자신도 주변 모두도 죽음에 이르게 하는 아수라다.

자기愛

사랑에는 여러 가지 종류가 있을 수 있다. 그러나 사랑이 다를 수는 없다.

사랑이란 좋아함이며, 희생을 감당하는 것이며, 끝없는 그리움의 감정이다.

사랑의 종류를 대 분류 해본다.

부모와 자식간의 사랑(부정, 모정, 공경, 형제애).

연인간의 사랑(연애),

친구와의 사랑(우정).

보편적 인류애(이타적 사랑).

사물에 대한 사랑(동물포함).

이렇게 분류해 보니 복잡할 것 같은 사랑의 종류도 그리 많지 않다.

그런데 하나가 빠졌다. 가장 강력하고 근본적인 사랑인 자기에 대한 사랑이 그것이다.

자기를 사랑하지 않는 사람은 없다.

어떤 사랑이란 감정도 느끼지 못하는 사람일지라도 자기만은 사랑한다.

자기를 사랑하지 않고는 生을 이어갈 수가 없기 때문이다.

지극히 자기愛는 당연하고 정당하다.

그러나 간혹 오로지 자기만을 사랑하고 타인이나 자기 주변의 대상물에 대해서는 일체의 존엄성을 부정하는 엇나간 사람의 脫 사랑을 보게 된다.

이런 사람은 집요하고 무섭다.

주변 사람들에게 엄정한 피해를 뒤집어 씌우는 경우가 대부분이다.

자기愛는 자신을 지키는 최소한의 표현이면 족하다.

자기를 먼저 내세우는 사랑은 이미 어떤 사랑에도 귀의할 수 없다.

자기가 먼저인 것을 아무도 부정하지는 않는다.

그러나 진실한 사랑의 관계를 유지한다는 것은 일방적인 자기보호에서 벗어나 상대와 대상에 대한 이해와 배려 그리고 자기에게 주는 것과 동일한 사랑의 강도를 부여해야 한다.

자기愛가 자기를 먹어 치우는 불행한 사랑은 사랑이 아니다.

세상을 더럽히는 공해이고 같이 하고 싶지 않은 악연이다.

피그말리온 효과

자신이 조각한 조각상과 사랑에 빠져 생명을 갖게 해주길 간절히 바라고 바래 결국 신을 감동시켜 버린 피그말리온. 원하는 바를 간절히 바라고 바라면 그대로 이뤄진다는 것이 피그말리온 효과다.

물론 신화에서나 나올 법한 가상의 효과이겠지만 원하는 것이 이뤄지지 않아 비관하고 자포자기가 쉬워진 오늘 날의 우리가 새겨 보아야 할 이야기다.
포기하는 것은 너무나 쉽다. 힘들면 그만 두고 어려우면 물러나고 그리고 나서는 다 남의 탓으로 돌리는 것은 너무나 쉽다.

그러나 원하는 것을 이루기 위해서 간절함에 간절함에 더해 노력하는 것은 죽을 만큼 힘들다. 원하는 바를 간절히 바라기만 한다고 다 이뤄진다면 누가 그렇게 하지 않겠는가. 피그말리온 효과의 뒤에 숨은 행간의 뜻을 직시해야 한다. 이뤄지기 위해서는 이루기 위한 죽음을 불사한 고통을 견뎌야 한다.

아무 것도 하지 않으면 아무 것도 이뤄지지 않는다.
그저 바라기만 한다면 단순한 공상가에 지나지 않는다.
노력하는 공상가가 되어야 한다.
그렇게 모든 힘을 다하고 간절하면 이뤄질 것이다.

가치의 변질

존재 자체만으로 가치였다 하더라도 가치의 변형이 오면 모순이 된다.

시간이란 형체를 가진 것뿐만 아니라 형체를 가지지 못한 것들도 변형을 가한다. 시간 속에서 영원한 것은 없다.

나무는 시간의 관념을 받아들이며 몸통을 바꾸고 주변 경관에 멋진 변형을 가한다. 하늘은 한 순간도 헛되이 소비하지 않고 변하고 땅은 드러나지 않도록 조심하며 변화를 숨기며 변한다.

하물며 사람은 변형이 가장 절실하고 급격하다.

필요에 의해 어떤 사물이든 인위를 가해 변화시키고 자기자신마저도 전혀 새롭게 바뀐다. 변하지 않으면 생존할 수 없다고 박차를 가한다.

그러나 처음의 내가 아니라고 우길 수 있도록 형체가 바뀌었다고 하더라도 내가 아닌 것은 아니다. 외모의 변질은 존재 자체의 변질이 아니다.

그런 이유로 가치의 변질이 오면 존재도 처음의 존재가 아니다. 그래서 마음의 바뀜이 무서운 것이다. 형체의 변화가 없다 하더라도 받아들임이 바뀌면 완벽한 모순을 이뤄내기 때문이다.

마음을 변화시키면 가치가 변한다.

지킨다는 건

지킬 게 많은 사람은 강해지는 법이지요.

반대로 수세에 몰리는 약점이 되어 입지는 약해지게 될 테지만 약함을 털어내기 위해 안간힘 쓰면서 버텨내게 되지요.

자본주의 시장에서 시장의 지배자가 강해 보이는 것은 약점을 보이지 않도록 숨기는 위장술이 강하다는 것으로 볼 수도 있을 거예요. 수많은 도전을 극복해야만 위치를 고수할 수 있기에 스스로를 단련시켜 강해 보이도록 만드는 게 가장 완벽한 수성의 전략이 될 테니까요. 약점을 강점으로 보이도록 만드는 게 지킴의 정석이지요.

일반적인 생활을 하고 있는 사람들에게도 그러한 위장술은 그대로 적용이될 겁니다. 자신의 영역을 지키기 위해서 약함을 드러내지 않으려 애를 쓰고격동하는 마음도 숨막히도록 숨기고 어쩌면 자신의 속마음도 스스로 속이면서 살아갈 겁니다.

그렇다고 위장된 마음을 비난할 수 없어요. 온전히 모든 것을 드러내 놓으며 살아가게 된다면 만들어 온 자신의 삶과 주변을 어지럽게 흔들어 파탄을 불러오게 되지요.

애석하게도 지키기 위해서 정작 자신을 버리고 살아가고 있는지도 모르겠어요. 지킬 게 많은 사람은 그래서 더 아픔을 많이 가진 사람일거예요. 그대는 무엇을 지키기 위해 안간힘 쓰고 있나요.

위기(危機)의 힘

살면서 가장 많이 듣고 쓰고 말하는 단어 중에 하나가 위기다.

정말로 위기여서 혹은 불가피하게 긴장감을 조성해 원하는 바를 이루기 위해서 위기라는 말을 애용한다.

쓰고 싶지 않을 때도, 반드시 써야만 할 때도 그다지 내키지 않는 애증의 말이라고 해야 할 것이다.

흔히 위기는 기회라고 정형화 되어 있다. 맞는 말이다. 위기를 잘 활용해 극복해내면 반드시 도약의 기회가 될 것이다. 위험함으로 오히려 기회가 된다는 역설을 은연중에 우리는 믿고 있는 것이다.

그러나 모든 위기가 다 기회가 되지는 않는다.

위기에 따라서, 받아들이는 사람에 따라서, 수용하고 인내하는 정도에 따라서 위기는 기회가 될 수도 있지만 낭패의 단초가 될 수도 있다.

기회로 승화시키는 것보다는 패배의 길로 들어서버린 위기가 오히려 더 많은 것은 기득권을 내려놓지 않으려고 하거나 자존심을 무너뜨리지 않으려 하거나 변화를 거부하기 때문이다.

위기는 위기 그 자체로 받아들여야 한다.

위기를 가공해서 자기 입맛에 맞추려 한다면 위기에 먹혀 무너지게 될 것이다. 위기는 극복하라고 오는 것이다.

생존을 위한 위기는 매 순간 따라 다닌다.

피하고 싶다고 피해지지 않는 것이라면 위기에 순응해야 한다.

바닥을 쳤을 때가 바닥에 닿은 발끝에 힘을 잔뜩 모으고 무릎을 굽혀 최대한의 순간 힘으로 바닥을 튕기고 일어날 수 있는 최고의 기회인 것처럼 위기의 순간에 최대의 집중을 할 수 있을 것이다.

집중하면 하나로 뭉칠 수 있고 해결의 실마리를 찾아낼 것이며 결국 달디단 승리를 맛볼 수 있을 것이다. 몰입하지 못하면 몰락한다.

파산 직전까지 내몰렸던 닛산자동차의 CEO로 취임했던 카를로스 곤은 위기의 극복은 〈실행이 전부〉라고 했다. 위기에서 벗어나기 위해서는 아무리 좋은 전략이라도 실행이 없이는 무용지물일 뿐인 것이다.

I BEST(내가 최고)의 방안이 확, 와 닿는다.

I 나부터

B 기본적인 것부터(Basic)

E 쉬운 것부터(Easy)

S 작은 것부터(Small)

T 오늘부터(Today)

간략하지만 위기를 극복하기 위한 좋은 방안이다.

나부터, 오늘부터 시작하자.

오방낭 굿판

사이비교주, 아니 무당이라고 표현하는 것이 더 적절한 것 같다.

온 국민을 대상으로 신명나는? 굿판을 벌여놓고 혼을 다 빼놓았다.

굿은 정신적 공황상태를 벗어나기 위한, 극복하기 보다는 회피하기 위한 샤머니즘적 난장판을 벌여놓고 혼몽한 상태를 자아내 자기 스스로를 망각하게 하는 정신질환의 해방구 역할을 할 뿐이다.

신 내림을 받았다는 매개체로서의 무당은 접신한 신의 대리인으로서 굿에 신명을 부여하는 역할을 하게 된다.

무당은 접신한 신빨에 따라 그 효험이 달라진다.

신빨 보다는 자기빨이 더 쎈 무당에게 농락당하면 굿판은 개판이 되고 만다.

오늘날 첨단의 과학과 최고의 이성이 삶을 지배하는 사회에서도 여전히 나약한 인간의 심성을 파고들어 가 자행되고 있는 굿은 정상적인 사고로는 설명할 수가 없는 기형적 정신세계의 한 축이라고 밖에 이해할 수 없다.

대국민을 상대로 벌인 굿판에 놀아난 대한민국 국민으로서 자괴감과 허탈함에 창피스럽다.

조그만 조직체이거나 회사에서도 최고 책임자는 그 구성원 모두의 운명을 좌우한다.

삶의 질을 결정하고 정신세계의 옳고 그름의 중추적 역할을 하게 된다.

하물며 거대한 국가조직이야 더 말해 무엇 하겠는가.

선무당이 사람 잡는다는 말이 있다.

신빨도 없는 무당이 굿을 하면 악귀에게 오히려 잡아 먹히게 됨을 일컫는다.

영화 〈곡성〉이 떠오른다. 악귀와 선귀의 싸움.

선귀가 악귀로 오인을 받고 악귀는 다른 악귀와 통하여 이 세계를 파괴해 나가는 무시무시한 내용이 다만 영화라는 허구의 창조물로만 여겨지지 않는 현실이 무섭고 무섭다.

오방낭 속에 우리는 갇혀있었나 보다.

누군가 주머니의 주둥이를 열고 꺼내주기를 간절히 바라면서 컴컴한 속안에서 숨조차 제대로 쉬지 못하고 밖에서 울려오는 굿판의 아우성과 호곡성과 징 소리, 장구 소리, 알아들을 수 없는 주문 소리에 귀를 틀어막으며 괴로움의 몸부림을 치고 있었나 보다.

행사할 권한이 있다면 책임의 무서움을 먼저 알아야 할 것이다.

권한의 힘만 믿고 책임은 전가하려는 이기적 자기 과보호에 능한 사람이 이끄는 조직은 미래가 없다.

굿판을 벌이려면 제대로 신명나는 신빨 강한 굿판을 벌여야 할 일이다.

흉몽과 길몽

간혹 꿈을 꾼다. 아니 어쩌면 매일 저녁 잠 속에 꿈이 왔다 갈 것이다.

다만 밤 세 뇌가 기억의 정화작용을 활발히 하여 왔다간 꿈을 지워버려서 기억이 나지 않을 것이다.

꿈 속에서 또 다른 겹 꿈을 꾸기도 하고 꿈인지 현실인지 구분할 수 없이 생생한 꿈의 현실에서 멍해지기도 한다.

꿈이 자의식에서 비롯된 잠재된 자기암시라고 할 수도 있겠지만 아무런 연관도 없는 꿈을 꾸는 경우가 더 많은 것 같다.

잠을 설치거나 두려움에 사로잡히게 하는 불길한 흉몽과 편안한 잠을 더욱 더 부추겨주는 길몽으로 꿈의 종류를 단순화 시켜본다.

그런데 길몽이라고 분류한 꿈은 아쉽게도 대부분 기억이 희미하거나 현실과는 거리가 먼 것처럼 아득하기만 한 경우가 많다.

반대로 흉몽은 기억에 또렷이 각인되어 잠에서 깨어나도 그 무서움과 공포로 오돌오돌 몸서리를 치게 만든다.

충격의 강화작용이라고 해도 틀린 말은 아닐 것이다.

충격이 강할수록 의식 속에 깊이 틀어박혀 선명하기 때문이다.

밤 세 길몽과 흉몽을 모두 꾸었다.

아니 하나의 꿈이 전반부와 후반부가 엇갈렸을 것이다.

꿈이란 논리적이거나 정연하지 못한 것이 대다수다.

등장인물도 스토리도 배경도 상황의 전개도 전혀 예측할 수 없이 혼돈이다.

사랑하는 이들과 즐거이 바닷가에서 물수제비를 뜨다가도 갑자기 물 속에서 피를 철철 흘리는 형체도 불분명한 괴수가 튀어나와 나를 덮치기도 한다.

오랜 시간이 흘러 이제는 슬픔에서 벗어났다고 생각하는 순간 저승에서 갑자기 찾아온 아버지가 눈물을 흘리며 잠자는 나를 내려다 보고 있기도 한다.

차가 제 맘대로 돌진하는 속절없는 상황이 지속되다 가도 어느 순간 천국 같은 풍경에 서 있기도 한다.

꿈이란 통제할 수 없어서 안타깝지만 그래서 더 꿈이 주는 암시를 풀어 어떤 의미를 찾아내려고 노력한다.

꿈보다 해몽을 좋게 얻어내고 싶은 마음을 이해할 수가 있다.

불면도 꿈이다. 숙면도 꿈이다.

흉몽도 기억하기에 따라 길몽이다.

길몽도 해석하기에 따라 흉몽이다.

받아들이는 마음이 다름을 결정한다.

신념(信念)노동자

오늘부터 나는 새로운 단어를 사용해 보편타당성을 부여해 주고 싶다.

감정노동자도 있고 육체노동자도 있고 지식노동자도 있는데 대부분의 직장인, 보통의 기업체에 종사하는 일반사무직은 그저 샐러리맨이니 화이트칼라니 봉급생활자니 하는 말들로 차별화하지 않는다.

기능도 없고 줏대도 없이 시키는 일을 다람쥐 쳇바퀴 돌리듯 하는 것처럼 여겨진다.

억울한 일이 아닐 수가 없다.

직업은 이제 자아실현이라는 거창한 의미로 포장하기에는 무리가 있다.

생존을 위해서, 최소한의 문화적 누림에서 쫓겨나지 않고 머물기 위해서 할 수 있는 한 최대한 붙잡고 있어야 하는 호구의 수단이라고 해도 마땅히 질책할 수가 없다.

자기의 가진바 재주와 지식을 동원하여 자신이 추구하는 세상을 만들어 가고 그 속에 자신마저도 실현해 넣을 수 있는 이상적 직업관이란 오늘날 어불성설이다.

그렇다고 하더라도 무의미하게 가방을 들고 오고 가던 길을 매일 반복해 되풀이 다니는 것은 아니다.

주어진 일에 잠을 자면서도 고심하고 해결방안을 마련할 때까지는 갖은 스트레스에 시달리며 살아야 하는 것이 일반사무직의 숙명이다.

해결방안이란 결국 성취감으로 이어지는 것이라고 봐야 한다.

그 성취감은 오로지 자신만의 것일 수도 있고 여럿이 공유할 수도 있다.

불편부당한 방법에 의존하지 않고 사회의 정의가 허락하는 범위 내에서 자신과 조직의 일을 성취해나가는 일을 하는 것이 신념노동자라고 정의를 세워본다.

탐욕과 욕심의 차이

원하는 것이 없으면 사는 맛이 안 나는 게 맞다.

사람이 사는 것은 원하는 것을 이루며 자신의 안정적 지위를 확보하는 것이 주된 목적이라고 해도 상관 없을 것이다.

〈원하는 것이 없다라고 말하는 것 자체가 원하는 것이 있는 것이다〉

죽은 자는 원하는 것이 없다.

생명을 유지하고 있는 한, 뇌가 활동을 하고 있는 한 원하는 것이 없을 수는 결코 없다.

원하는 것을 좋은 의도로 〈소원, 소망, 희망, 목표〉라고 달리 표현한다.

그러나 결론적으로 이 모든 용어는 같다고 봐야 한다.

원하는 정도와 추구하는 방법의 차이가 있을 수는 있으나 궁극점에 도달하고자 하는 의도는 동일하기 때문이다.

그래서 나는 이 모든 사전적 용어의 뜻과 어원에도 불구하고 원함의 기본상태를 욕심으로 정의해 보고자 한다.

욕심이란 용어에 다소 부정적인 어감과 불편한 발음상의 문제가 있기는 하지만 자신만의 문제이든 타자가 개입된 문제이든 가장 원초적 원함의 상태는 욕심이라고 명명해도 별반 차이가 없을 것이다.

욕심은 원하는 것을 이루고자 하는 정신적 의지가 표출되고 있는 상태다.

그럼에도 불구하고 욕심과 탐욕 사이는 엄청난 괴리가 존재한다.

탐욕은 염치도 불사하고 질서도 불사한다.

욕심이 탐욕으로 발전할 수도 있겠지만 탐욕에는 욕심 밖의 불쾌와 아집이
개입된다.

결국 이 둘은 근원적으로 달라지게 된다.

욕심은 타자를 불편하게 할 수는 있지만 망가질 정도로 배제하시는 않는다.

그러나 탐욕은 타자를 철저히 배제시키고 극도의 죄악을 양산한다.

그대는 욕심쟁이인가 탐욕꾼인가!

말의 때

말에도 때가 탄다.

하나의 말에 하나의 말이 더해지는 것이 말의 때다.

좋은 의도로 덧붙여진 말이라고 해도 때는 때다.

하물며 부정적 의도가 가미된 말이 덧붙게 되면 지독한 악취를 풍기는 때가 된다.

악의를 내포한 말의 때는 사람을 치명적인 처지로 몰아가는 경우가 많다.

그럼에도 불구하고 말에는 호의적인 때보다는 붙지 말아야 할 부정의 때가 더 잘 붙는다.

운동화에 낀 때는 강력한 세제를 부어 세탁기의 회전력으로 빼낼 수 있다.

옷에 낀 때 역시 빨면 심한 얼룩이라 할지라도 빼낼 수가 있다.

벽에 바닥에 차에 낀 때도 세정제와 광택제를 바르고 문지르면 화학적 반응을 일으켜 빠진다.

그러나 말에 붙여진 때는 무엇으로도 떼어낼 수가 없다.

한 번 덧칠해진 한 마디의 말은 영원히 본래의 말에 한 몸이 되어 버리는 것이다.

말을 조심하고 터무니 없는 말들을 쉽게 뱉어내 놓으면 안 되는 가장 강력한 이유, 그것은 모든 말에 덧붙이는 말은 결국 때가 된다는 진리를 간과하지 말아야 하기 때문이다.

좋은 의도로 한 말도 받아들이는 사람에 따라 악의적인 말이 되기도 하고 비아냥거리는 말도 받아들이는 사람이 무덤덤하게 받으면 실없는 말이 되기도 한다.

상황에 적절한 말, 시의 타당한 말.

어차피 못하고는 못사는 말이라면 상처가 되지 않는 때가 되도록 하고 살아야 할 것이다.

말이 가장 때가 잘 탄다.

그리고 한 번 붙은 때는 절대 떨어지지 않는다.

입에서 나오는 때에는 이 세상에 존재하는 어떤 강력한 접착제 보다 더 센 접착력이 있다.

약과 독

생명이 있는 것에게만 약이란 물질이 적용된다. 무생명물에게는 약이 아니라 처치와 보존의 개념만이 쓰일 수 있다. 약이란 생명을 살리거나 죽이는 물질의 총칭이다.

통상적으로 약은 생명을 살리거나 유지하기 위한 수단으로 받아들여진다.
반대인 것은 독이란 말을 더해 독약이라고 부른다.
그러나 오늘날의 과학과 의술은 독약이 약으로도 쓰이도록 발전했다.
약과 독약의 구분이 모호해져 버린 것이다.

암세포를 죽이기 위해서 항암치료에 투여되는 약이 대표적인 독약이다. 비정상적으로 빠르게 증식하는 암세포의 성장을 억제하거나 소멸시키기위해 투여되는 약은 정상적인 세포까지도 함께 죽이게 된다. 생명을 죽여서 생명을 살린다는 역설이 항암치료다. 죽어가야만 살 수 있음으로 얼마나 고통스럽겠는가.

잘 죽여야 살아날 수 있는 고통의 인내가 필요한 시기다.
나라가 어지럽고 가짜 처방전이 날아다니는 날들이 지속되고 있다.
어느 시대, 어느 조직에나 자신만의 이익을 위해 다수에게 상처를 주는 독약과도 같은 존재들이 있었다.
이들을 잘 솎아내 잘 죽여야 할 때다.

체중변화

체중의 변화는 몸의 이상신호로 봐도 무방하지만 반대로 체중을 변화시키기 위해서 무모할 정도로 집착하는 사람들이 많다는 것이 또한 아이러니다.

다이어트라는 슬림화는 현대인의 마약과도 같은 중독증이라고 생각한다.

과식과 기름진 음식 그리고 운동부족이라는 원인이 복합적으로 작용해 여성이든 남성이든 체중의 불균형적인 증가와 체내 지방의 응축이라는 악순환의 고리에서 벗어나기 위해 각고의 노력을 기울이는 것이 오늘을 사는 사람들의 지대한 관심과 과제가 되어버린 사회현상이다.

다행인지 반대인지 나는 단 한번도 과체중을 고민해 본적이 없다. 오히려 저체중을 걱정하며 몸무게를 젤 때마다 스트레스를 받는다. 유전적 원인일수도 있고 체질이 그렇게 특화되어 있기 때문이기도 할 것이다. 아까운 살이 근래에 쏙쏙 빠져나가 5키로나 체중이 감소하는 바람에 센바람이 불면 몸이 허깨비처럼 흔들릴 것만 같다.

정신적 스트레스와 한 달이 넘는 기간 동안 나가지 않는 감기가 주 원인일거란 짐작을 한다. 무엇보다도 내가 나에게 너그럽지 못해서 일지도 모르겠다. 모든 것이 다 잘 될 거라고 내가 나에게 위로를 쉬지 않고 하지만 실제론 모든 것이 위태롭다고 걱정 속에 파묻혀 있었다. 진실로 괜찮을 거라고 마음에게 다독임을 주어야겠다. 마음의 다독임이 체중을 다시 본래대로 돌아가게 해줄 열쇠임이 분명하다.

시작을 시작하는 것

시작은 어색하다. 새롭다는 것은 항상 환상을 가지고 있지만 그 환상은 신기루와도 같아서 눈 앞에 있지 않다. 다만 그 신기루를 현실로 만들어 보겠다고 대담하게 대드는 것이 시작이다. 그러나 어찌 뜻하는 바대로 되는 게 흔한가. 용을 다 쓰고 기진맥진 해져도 환상은 좀처럼 구체화 되지 않는다.

시작이란 꿈을 향해 가는 이전에는 가보지 못한 험한 뱃길과도 같다. 물살을 거슬러 올라가야 하고 집채만한 파도에 얻어 터지기도 해야 한다. 항상 만만하게 지나갈 수 있는 잔잔한 물결을 탈 수는 없다.

시작은 시작하는 이에게 먼저 앞을 보여주지 않는다. 최대한 장막을 겹겹이 치고 헤쳐 나와보라 막막한 긴장을 조성한다. 그러나 우리는 언제나 시작점에서 다시 시작하고 또 시작하고 있다.
삶은 시작의 연속선이다. 완전하게 결말이 나건 그렇지 못하고 중도에서 멈춰버리건 죽지 않는 이상 또 시작해야 한다.

시작을 벗어나는 것은 포기와도 같다. 포기는 삶을 중단하는 것이고 스스로 세상으로부터 낙오되는 것이다. 지켜야 하고 품어야 하는 것이 있는 우리에게 환영처럼 희미할지라도 시작의 환상이 있음으로, 그 자체만으로도 살아갈 이유가 된다.

이기는 관계의 법칙

일방통행이 될 수 없는 것이 관계다. 관계는 사회성이고 함께라는 말로 달리 말할 수 있다. 관계의 설정이 어떤가에 따라 삶의 질이 결정된다. 국가는 국민과의 관계를 어떻게 이루어 가는가에 따라서 흥망을 결정한다.

정치도 관계의 설정이다. 아무리 유능한 정치인이나 권력자라 할지라도 유권자를 외면한 홀로 달리기는 결국 관계의 틀을 잘못 만들어서 뒤틀리게 하고 결국엔 버림을 받게 된다는 것을 선거를 통해서 알 수 있다.

바른 관계는 상호 이로움이 되기 위한 다자간의 법칙이 있다.

성실해야 한다. 진실해야 한다. 존중해야 한다.

사심이 없는 관계란 있을 수 없다. 그러나 사심이 배려보다 크면 정당한 관계가 아니라 주종의 관계 혹은 이익추구를 위한 불편한 사이일 뿐이다.

서로 관련이 있다고 모두의 사이가 관계라고 표현할 수는 없다. 이기는 관계는 나와 비슷한 사람들 혹은 나와 주변의 사람들의 어울림이다.

일방통행을 일삼다가는 냉혹한 외면을 반드시 받게 되는 자업자득에 직면하게 될 것이다. 관계를 무서워할 줄 알아야 한다. 내 뜻대로 모든 것이 이뤄지는 관계는 이기는 관계가 아니다. 상대방이 이미 나를 포기했다는 증거인 것이다. 자만에 자축하다 버림 받을지니 있을 때 소중히 하라.

기준에 대하여

누군들 지표로 삼는 기준이 없겠는가. 기준은 삶의 지렛대다.

보다 바른 방향으로 가기 위해서, 무게를 떠 받치고 온당하지 않는 수고로움을 줄이기 위해서 개인은 개인의 기준이, 조직은 조직의 기준이, 사회도 국가도 기준이 있다.

기준이 없다는 것은 원칙이 없다는 것과도 같다.

그러나 나만을 위한, 특별한 하나만을 위한 기준은 기준이 아니다.

아집일 뿐이며 독선이기 십상이다.

기준은 나뿐만 아니라 모두를 어우르지는 못할지라도 주변의 다수에게 다소나마 피해를 감수하도록 하면 안 된다.

그럼에도 불구하고 오로지 자기만의 관점에서 자기만을 위한 원칙도 아닌 원칙을 정해놓고 주변을 강제하고 불편을 초래하는 경우들을 보면서 살아야 하는 불합리의 세계가 우리를 통째로 집어삼키고 있다.

세상은 공평하거나 정의롭지 않은 구석이 많다는 것을 안다.

본래부터 약육강식, 강자독식의 구조로부터 출발했으므로 그럼을 부정할 필요도 없다.

그러함에도 문명과 문화라는 인류 경험의 축적이 공정과 정의란 개념을 창조해 냈다.

인류 발전의 가장 창조적 산물이 공정과 정의가 아닐까 생각해 본다.

모두는 아닐지라도 다수가 함께 어울려 살 수 있도록 환경을 강제해주는 보호막이기 때문이다.

다시 기준으로 돌아가 본다.

기준은 삶의 출발점이 되어야 하고 삶의 귀결점이 되어야 한다.

나의 기준과 타인의 기준이 일치할 수는 없을지라도 유사한 성질을 공유할 필요는 있다.

기준은 나를 위한 배려이기도 하지만 주변에 대한 최소한의 배려이기도 하다.

기준을 바로 세울 때 나도 바로 설 수 있다.

걱정에 대한 걱정

걱정이 없이 살 수는 없다. 그런데 또한 걱정만 하고 살 수는 없다.

흔히들 좋은 말로 걱정은 미리 하지 말라고 한다.

오지도 않은 시름 때문에 미리 걱정을 하다 보면 정신이 피폐해지기 때문이다.

그러나 사람이란 참으로 아둔해서 올지 말지도 모르는 일들을 사서 끌어들여 온갖 걱정을 하면서 산다.

팔자가 좋은 사람은 걱정이 없을 거라고 지레짐작하며 스스로를 팔자 사나운 존재로 밀어 넣기 일수다.

물론 아무리 타고난 성품이 느긋한 사람일지라도 어디 걱정이 없겠는가.

어쩌면 걱정은 인간인 이상 타고나는 심리적 공항상태를 말함이다.

걱정에 길들여지면서도 끈질기게 잘 살아가게 우리의 시계가 맞춰져 있는지도 모르겠다.

하나의 걱정이 해소되면 그 자리를 곧바로 다른 걱정이 메운다.

걱정은 사슬처럼 엮여 있어서 걱정이 없다면 어쩌면 심심한 삶이 될지도 모를 일이다.

그래서 하고 싶은 걱정은 실컷 해버리면 어떨까 생각한다.

다만, 걱정의 노예가 돼서 자신을 핍박하지 않는 한에는.

걱정이다. 걱정이 아닌 때가 없었다.

지나온 시간에도 나는 무언가를 걱정하면서 살아왔다.

지금도 이런저런 걱정거리들을 몸에 지니고 있다.

내일이라고 걱정거리가 없어질 것 같지는 않다.

품었던 걱정 하나 해소되면 희열에 차 안도하고 손뼉을 부딪치며 좋아하면서 순간 순간을 사는 것이 어쩌면 우리가 누리는 행복이 아닐 라나 자조해 본다.

일상무사(日常無事)

아무일 없이 그냥 지나가는 하루이기를 바라고 산다.

수두룩한 안개가 때가 되면 태양에 밀려 연기처럼 대기 중으로 흩어지는 것처럼, 호흡을 가깝하게 했던 미세먼지가 바람이 불면 멀리 밀려나는 것처럼 순리에 의한 시간에 따르면서 순리껏 살고 싶다.

보다 높은 곳에 이르기 위해서, 남보다 멀리 가보기 위해서 남의 시선 속에서 살아가거나 남의 자리를 밟으려 하지 않고 잔잔히 하루를 보내고 편안히 잠을 청해도 좋을 만큼의 일상무사를 축원한다.

나에 의해서도, 남에 의해서도 누군가 원치 않는 일상이 되어 엮이고 꼬이는 심신의 상태란 고역이 아닌가. 하나의 꽃이 피기까지는 엄청난 자연의 시련을 이기고 죽을 힘을 다해야만 아름답게 세상에 자신을 드러낸다는 것, 물론 알고 있는 일이고 매번 그 인고의 아름다움에 찬사를 보내며 꽃을 보지만 나는 그런 꽃이 아니고 싶다. 그저 보여지는 그대로 아름답고 보는 이들에게 평화를 주는 활짝 핀 꽃 그 자체이고 싶은 것이다.

하루 하루, 매 순간이 어디 싸움터가 아닌 일상이 있었는가. 살아남기 위해 싸워왔고 살아가기 위해 싸움에 응하며 살아왔다. 이제는 한 발 뒤에서 다툼을 걸지도 다툼에 휘말리지 않는 일상을 가지고 싶다. 다툼에 이골이난 마족(魔族) 같은 삶이 싫증이 난다.

망둥어

망둥어, 망둑어.

생명력이 강해서 극한대 지역을 제외한 지구상 어느 바다에서든 잘도 산다.

숭어가 뛰니 망둥어도 뛴다라는 말이 있다.

제 분수도 모르고 나댄다고 해석할 수 있을 것이다.

흔해서 가장 대접을 못 받고 천시되는 것의 대명사가 된 물고기다.

예전엔 잡히면 집어서 아무데다 던져버렸던 것들이 요사이 대접을 받기는 한다.

홍어와 아귀가 게 중 고급진 어종이 된 예로 적당하다.

그러나 여전히 망둥어는 각광을 받지 못한다.

홍어는 이제 그 개체수가 현저히 줄어들어 금값이 되어버렸고 아귀는 다양한 요리로 입맛을 돋구기에 귀하게 쓰인다.

망둥어는 어느 곳에서든 흔하게 잡히고 많이도 잡힌다.

생명력이 강하다는 것은 축복이겠지만 동종의 무리가 많으면 축복이 천대가 될 수도 있다는 것을 극명하게 보여준다.

살아가는 환경에 개의치 않고 깨끗한 바닷물이든 흙탕물이든 상관치 않고 망둥어는 제 질긴 삶을 잘도 살아낸다.

귀하지 않은 생명이 어디 있으랴.

사람들이 만들어 놓은 생명의 가치 메김에 망둥어는 비웃기라도 하듯 당당히 자신의 생명을 즐긴다.

나는 오늘부터 망둥어의 그 오롯한 자기 지킴에 경배를 한다.

흔하다고 천한 것이 아니다.

자신을 하찮게 학대하는 것이 천한 것이다.

나는 세상을 이루는 수많은, 흔하디 흔한 사람들 중에 하나다.

그러나 나는 오로지 나일 뿐이다.

나를 대신해 존재할 수 있는 것은 나 이외에는 세상에 존재하지 않는다.

천상천하에 나는 오직 나 밖에 없다.

순환의 고리

한번 맞물린 톱니바퀴는 저절로 떨어지지 않지요.

인위적인 힘이 가해져야만 멈추거나 떨어져요.

관계라는 것도 그래요.

어떻게 만들어졌건, 얼마나 오래되었건 일단 형성된 관계는 순환의 고리를 타고 있는 거예요.

한쪽이 일방적으로 중단을 선언하더라도 다른 한쪽이 그냥 유지하고 싶다면 그건 종료되는 관계가 아니지요. 관계란 계약이나 마찬가지일 거예요. 합의되지 않는 일방적 파기는 크나큰 부작용을 동반하게 되지요.

우리는 살면서 고리를 여러 개 가지고 있어요.

선순환의 고리일 수도 있지만 악순환의 고리일 때도 많지요.

고리를 풀어 일자로 만들어 보고 싶기도 하겠지만 그건 나만의 일방통행을 하고 싶다는, 타인과의 관계를 버리겠다는 막가는 행위일 뿐이지요.

돌고 돌고, 타고 타고, 고리를 순환하면서 살아야 하는 게 우리의 삶의 방식이란 걸 절대로 거부해서는 안 된답니다.

나는 오늘 순환의 고리를 하나 더 만들어요. 그대들의 삶과 연결해 함께 울고 웃고, 힘내고 싶어요.

허점

인간미를 느끼게 해주는 사람은 허점이 있는 사람이지요.

찔러도 피 한방울 안 나올 것 같은 사람에게 바늘을 들이대는 일이 없지요.

그런데 정작 우리는 나에겐 허점이 없을 거라 믿는 거 같아요.

허점을 감추려고만 하지 허점을 장점으로 만들고 싶어 하지는 않거든요.

뒤에서는 냉철한 사람을 보면 질려서 다가가려 하지 않고 뒷담화를 마구 날려대고 철두철미한 사람 앞에선 똥마려운 강아지 마냥 안절부절 못하지요.

뭐, 누구나 그렇지는 않겠지만 또한 누구나 그렇다고도 보여집니다.

나는 사람을 보는 눈이 허술합니다.

싫은 점을 먼저 보려 하지 않고 그 사람의 포근한 마음을 보려고 노력합니다. 인간과 인간 관계의 시작은 허술한 편이 좋아요.

이거 저거 따지다 보면 좋아질 사람이 그리 많지 않을 거예요.

부드러워야 잘 굽어지는 것처럼 관계도 유연해야 만이 얽히고 설켜 단단해지는 거지요. 허점이란 관계를 결속시키는 매개체가 되는 겁니다.

치명적인 삶의 결점이 되지 않는 한 허술한 면을 한두 가지는 가지고 있는 것이 봄 꽃이 벌, 나비를 불러들이는 것 같은 사람을 향한 페로몬이 될 겁니다.

정의란 무엇인가

〈모두를 이롭게 하는 것〉
정의란 간단하게 정리해야 한다.

복잡하게 철학적 배경과 역사적 사실들을 나열해서 헷갈리게 만들어 본질을 호도하는 일이 없어야 한다.
유명한 정치가나 사회적 저명인사만이 정의를 정의하는 것이 허락 되어서는 안 된다.

모두가 단순 명쾌하게 받아들일 수 있고 스스럼 없이 동의하는 것이 정의에 대한 정의다. 아무리 곧은 길이라도 사람들이 드나들지 않으면 무용지물이다.
굽어 돌고 바닥이 잘 닦이지 않고 울퉁불퉁 하더라도 모두에게 친근하고 어디로든 통하는 길이 바로 정의다.

나에게만 이로운 것은 나만의 정의일 뿐, 공유할 가치가 없는 사견의 하나다. 정의란 모두가 수긍할 수 있는 방법의 길이면 된다.
넓은 대로일 필요도 없다. 번쩍이는 대리석을 깔아놓은 탄탄한 길일 필요도 없다.
〈이로워질 수 있도록 모두를 안내해 주는 길이 정의다〉

현재형, 미래형, 과거형

시간의 흐름은 빛살과도 같지요.

매서웠던 바람에 옷깃을 잔뜩 추켜 올리며 한군데라도 더 몸을 가리려 했던 꽃샘바람이 멈췄다고 생각하는 순간 이미 달궈진 태양이 달려들 준비를 마치고 바람의 뒤에 도사리고 있었다는 것을 살갗을 흐르는 땀을 보고서야 알아채게 되지요.

그렇습니다. 시간이란 것은 우리가 알아채지 못하는 순간 순간을 이으며 앞으로만 밀고 갑니다.

결코 뒤로 돌아가지는 않습니다.

지구상에 존재하는 모든 생명체 중에 유일하게 지나간 시간을 회상하며 우쭐해 하기도 하고, 서운해 하기도 하고, 반성 하기도 하는 것은 사람뿐입니다.

추억을 먹고 사는 존재라고도 하지요.

추억을 반추하는 것이 결코 해로운 일은 아닙니다.

지난 과거를 돌아보며 현재를 똑바로 바라보려 하고 미래를 설계해 나갈 수 있다는 것으로 사람을 만물의 영장이라고 하는 거겠지요.

단지, 지나치면 나약하고 나태해질 수 있음을 간과하지 않는다는 전제하에서 말이지요.

현재를 잘 살아가는 것이 가장 행복한 삶입니다.

현재가 곧 미래의 자신의 모습에 가장 가까울 테니까요.

그런 의미에서 현재형과 미래형은 한배를 타고 있다고 생각합니다.

그렇다면 과거형이란 무엇일까요.

과거는 현재와 미래라는 한배를 만들어낸 거름이겠지요.

과거가 없다면 현재와 미래가 있을 수 없을 테니까요.

종, 종 현재와 미래와 과거를 단절시켜 생각하려는 경향이 있다는 것을 압니다.

현재의 삶에 불만이 있거나, 불안하거나 할 때 나타나는 회피의 다른 표현방식 일겁니다.

현재형, 미래형, 과거형 이렇게 굳이 구분할 필요도 없을 겁니다.

시간의 흐름처럼 연속된 직선의 질주형이라 통합표현을 하고 싶습니다.

시간의 흐름에 맞춰 현재가 과거가 되고 미래가 현재가 되는 거니까요.

오늘 지금 나는 과거와 현재와 미래를 함께 살고 있습니다.

그대는 오늘 어느형과 더 친밀하게 살고 싶은가요.

두드리다

시도하지 않으면 아무 일도 일어나지 않는다.

무작정 하늘만 보고 있어봐야 땡볕에 진땀만 필요 없이 흘리다 탈진하고 만다. 땀에도 가치가 있다는 것을 안다.

아무 것도 하지 않으면서 괜스레 흘리는 땀에는 몸 속의 미네랄들이 의미 없이 섞여 나갈 뿐이다.

무엇이든 하기 위해 의욕적으로 움직이며 흘리는 땀이야 말로 아무리 많은 무기질이 빠져나갈지라도 뿌듯함이 더 빠른 속도로 공허함을 채워주기에 값지다.

나를 두드린다. 하지 않을 뿐이지 하지 못할 것은 없다.

해보라고, 해서 안 되는 것에 지지 말라고 내 가슴을 톡톡 노크해 본다.

이루지 못한다고 다 부질없는 것이 아니다.

어떤 것은 아무리 노력해도 이뤄지지 않을 수도 있다.

그러나 해본다는 것과 시도도 없이 포기하는 것과는 천양지차다.

후회도 해보고 하는 후회는 경험으로 남아 다음을 기약할 수 있는 것이다.

내가 두드리는 소리에 아마도 온 몸에 퍼져있는 미세세포들이 반응을 하게 될 것이다. 살아있고 싶다면 자신을 두드려야 한다.

노안

가까운 것이 흐릿하게 보이거나 두 세 개로 겹쳐 보인다.
그나마 보이기나 하니 다행이라고 위안을 해본다.
습관적으로 인공눈물을 넣으며 눈을 깜박거린다.
눈알이 뻑뻑해 맘대로 눈을 굴릴 수가 없다.
종종 눈알이 밖으로 쏟아져 내려 몸을 이탈하지나 않을까 하는 강도로 눈이
앞으로 쏠리고 통증이 심하다.

어쩌랴. 이제 그런 나이가 되어버렸다는데. 돋보기를 맞춰 코끝에 걸치고 책
을 보고 서류를 본다. 본다는 것이 거추장스러워지기도 한다. 자주 눈을 감고
눈 주위를 손바닥으로 맛사지를 한다. 잠시나마 편안해진다.

보고 싶지 않은 것은 굳이 볼 필요가 없다고. 보여지는 것만 볼 수 있어도 행
복한 것이라고. 보이는 것이 모두 실체가 아닐 수 있으니 심안을 늘리라고. 나
이는 시력의 뒤에 있는 마음의 눈을 키워가는 것이라고. 그렇게 살아야 할 때
라고 눈이 말해주고 있는 것이다. 노안이란 그렇다.

불 같은 열정을 가지고 평생을 살 수 없듯 이제는 잔잔하게 세상을 관조하며
살아갈 시기가 도래한 듯 하다.
받아들이며 수긍하며 달관하며 찬찬히 세상과 어울려야겠다.

민달팽이
퇴행진화(退行進化)

어설픈 생각은 실수나 오해를 부르기 마련이다.

달팽이가 껍질을 벗어버리고 자유를 찾게 되면 민달팽이가 되는 줄 알았다.

그러나 애초에 껍질이 없음을 알고 나니 헛다리를 짚으면 넘어진다는 것을 새삼 느낀다.

민달팽이는 달팽이 류 중에서 과감하게 껍질을 던져버리고 퇴행진화를 한 독립한 부류란다.

퇴행진화는 말 그대로 좋은 조건을 버리고 불리한 조건을 택함으로써 다른 발전적 모습을 만들어내는 것이다.

달팽이는 껍질을 벗을 수 없다. 아니 벗지 않는다.

껍질이 주는 善緣에 안주하며 살기를 바라기 때문이다.

천적으로부터 보호를 받고 수분을 일정하게 유지할 수 있어 생명을 지속하는데 안성맞춤을 제공하기 때문이다.

그러나 달팽이는 껍질의 크기만큼만 성장할 수 있다는 한계를 극복할 수가 없는 제약을 안고 살아야 한다.

그런데 민달팽이는 껍질의 선연 보다는 성장을 택했다.

껍질을 퇴화시켜 구속을 벗겨내고 몸의 자유를 제약으로부터 쟁취한 것이다. 습도를 유지하기 위해 점액질을 만들어 몸을 보호하고 야행성을 택해 삶의 궁극을 변경해버린 것이다.

자유는 반드시 근원에 손상을 주어야만이 얻을 수 있다는 것을 민달팽이를 통해 배우게 된다.

자유를 제대로 누리기 위해서는 변화된 조건에 자신을 단련시켜야 한다.

퇴행진화를 선택에는 책임을 다하는 것이 중하다는 것으로 해석해 본다.

나에게 하는 위로

나를 위로해 주는 것에 우리는 인색하거나 어색하다.

나를 제껴두고 보면 어떤 것들이 의미가 있겠는가.

결국 나를 위해서 살고 나를 만족시키기 위해서 살고 있는데도 우리는 나에게 배려하는 것을 민망해 한다.

헛된 욕망에 사로잡혀 사는 시간을 위로하라는 것은 아니다.

잘못된 길 위에 서서 고집을 부리는 오류를 다독이라는 것이 아니다.

다른 사람에게 불쾌감을 주는 일에 서슴없는 망나니 같은 성질을 모른 척 하라는 것이 아니다.

지금껏 얼마나 많은 시간을 나라는 사람을 위해 열심히 살아왔는가.

살아온 시간이 모두 나를 지켜내고 나를 세우기 위한 것이었다.

그 과정에서 타인에게 이로움을 주기 위해서도 노력했고 가족을 지키기 위해 목이라도 내놓을 것처럼 산 것이다.

그렇다고 그 속에 내가 한 순간이라도 포함되지 않은 적은 없었다.

힘이 들어도 울지를 못했고, 외로워도 외롭다고 당당하게 말하지 못했고, 좌

절 앞에서 무릎 꿇고 쓰러져버리고 싶었는데도 그럴 수가 없었다.

모두가 나를 위로하는 것에 소홀했기 때문이다.

거대한 보상을 해주라는 것이 아니다.

가만히 속으로 중얼거리기만 해도 충분하다.

〈수고했어, 수고한다, 지금까지 잘해왔어, 또 잘 할 거야, 너를 놓을 정도로 더 잘하려고 할 필요는 없어, 지금처럼 너에게 가슴 열고 살자.〉

유쾌하게 떠들며 웃어주기엔 다소 민망할지 몰라도 이 정도면 충분히 나에게 내가 주는 최고의 위안이 될 것이다.

나를 내가 위로해 주지 않으면 누가 할 것인가.

지금 바로 가슴 뜨거워지는 말 한마디 나에게 해보자.